IHRE ENTZÜCKENDE BRAUT

BRIDGEWATER MÉNAGE-SERIE - BUCH 3

VANESSA VALE

Copyright © 2015 von Vanessa Vale

ISBN: 978-1-7959-0066-9

Dies ist ein Werk der Fiktion. Namen, Charaktere, Orte und Ereignisse sind Produkte der Fantasie der Autorin und werden fiktiv verwendet. Jegliche Ähnlichkeit mit tatsächlichen Personen, lebendig oder tot, Geschäften, Firmen, Ereignissen oder Orten sind absolut zufällig.

Alle Rechte vorbehalten.

Kein Teil dieses Buches darf in irgendeiner Form oder auf elektronische oder mechanische Art reproduziert werden, einschließlich Informationsspeichern und Datenabfragesystemen, ohne die schriftliche Erlaubnis der Autorin, bis auf den Gebrauch kurzer Zitate für eine Buchbesprechung.

Umschlaggestaltung: Bridger Media

Umschlaggrafik: Period Images

HOLEN SIE SICH IHR KOSTENLOSES BUCH!

TRAGEN SIE SICH IN MEINE E-MAIL LISTE EIN, UM ALS ERSTES VON NEUERSCHEINUNGEN, KOSTENLOSEN BÜCHERN, SONDERPREISEN UND ANDEREN ZUGABEN ZU ERFAHREN. SIE ERHALTEN EIN KOSTENLOSES BUCH FÜR IHRE ANMELDUNG! TRAGEN SIE SICH IN MEINE E-MAIL LISTE EIN, UM ALS ERSTES VON NEUERSCHEINUNGEN, KOSTENLOSEN BÜCHERN, SONDERPREISEN UND ANDEREN ZUGABEN ZU ERFAHREN. SIE ERHALTEN EIN KOSTENLOSES BUCH FÜR IHRE ANMELDUNG!

kostenlosecowboyromantik.com

1

ROSS

Das erste Mal, als ich sie erblickte, hielt ich sie für eine Vision. Im Licht der Laternen im Saal war ihr Haar kohlrabenschwarz. Es war in ihrem Nacken kunstvoll zu einem Knoten frisiert, aber einige weiche Locken fielen locker herunter und meine Augen folgten ihnen entlang der anmutigen Kurve ihres Halses. Ihre Haut hatte einen goldenen Schimmer, als ob sie von innen heraus leuchten würde. Ihr hellblaues Kleid war sittsam geschnitten, aber schmiegte sich trotzdem an all ihre Kurven und diese Kurven waren wirklich reizend. Ich war nicht der Einzige, der sie bemerkt hatte, da die Augen vieler Männer sich ihr zuwandten, während sie tanzte, an ihnen vorbeilief oder auch nur in ihre Richtung lächelte. Es waren allerdings ihre Augen, die mich an ihr am meisten faszinierten. Als sie diese hellblauen Augen in meine Richtung wandte, war ich vollständig verloren.

Sie hatte das Aussehen einer 'schwarzen Irin', wie Rhys oder Simon es nennen würden: schwarze Haare und hellblaue Augen. Ich hatte noch nie zuvor jemanden mit diesem

Aussehen getroffen und es war faszinierend. Tatsächlich konnte ich nicht wegsehen. Der öffentliche Tanz anlässlich der Unabhängigkeit des Landes war gut besucht, vor allem in einer Stadt der Größe von Helena. Es passierte nicht oft, dass irgendeiner von uns Bridgewater Bewohnern seinen Weg in diese Stadt fand. Nur Geschäfte für die Ranch lockten uns so weit weg von zu Hause. Unsere Ranch hielt uns auf Trab und versorgte uns auch mit dem Meisten, das zum Leben notwendig war. Da Ian und Kane die letzten Rinderverträge abgeschlossen hatten, war es unsere Aufgabe – Simons, Rhys und meine – einen Deckhengst zu kaufen, der gebraucht wurde, um die ohnehin fantastische Blutlinie der Bridgewater Pferde noch weiter zu verbessern. Es war eines unserer Ziele, die robustesten, schnellsten und besten Pferde im ganzen Montana Territorium zu züchten.

Zum Teufel mit den Pferden. Ich wollte – nein, musste – wissen, wer diese Frau war. Ich konnte das Tanzfest nicht verlassen, ohne ihre Stimme gehört oder ihre Taille beim Tanzen unter meiner Hand gespürt zu haben. Ich wollte ihren Duft kennen.

„Bitte sie um einen Tanz", forderte Rhys mich auf, als er neben mich trat. Wir sahen uns nicht an, sondern auf die liebreizende Frau, die gerade an einer Limonade nippte und mit zwei anderen Frauen sprach. Die anderen waren ungefähr gleich alt, vielleicht Anfang zwanzig, aber keine von ihnen weckte mein Interesse. Hätte man mich umgedreht und über ihr Aussehen befragt, hätte ich wahrscheinlich nicht einmal eine annähernd richtige Beschreibung geben können. *Sie* hatte meine ganze Aufmerksamkeit auf sich gezogen.

Wir standen am Rand der Tanzfläche, die Musik – zwei Violinen, ein Akkordeon und ein Klavier – war hier nicht so laut, so dass das Sprechen mit anderen nicht erschwert wurde. Mehrere Türen waren geöffnet, um die kühle Abendluft hereinzulassen, und ich sah, wie sich eine *ihrer* vorwitzigen Locken in der Brise bewegte. Ich blickte zu Rhys. Er war um fünf oder sechs Zentimeter größer als ich, aber hatte eine schlankere Statur. Seine Haare waren so dunkel wie die der mysteriösen Frau, dennoch war seine Haut viel dunkler, weil er so viel Zeit draußen verbrachte und wegen seines natürlichen Teints. Er mochte zwar wie ein Montana Mann aussehen, aber er war weder im Montana Territorium geboren noch aufgewachsen, er kam nicht einmal aus den Vereinigten Staaten. Er und unser anderer Freund Simon stammten beide aus dem Vereinigten Königreich – Simon aus Schottland und Rhys aus England. Tatsächlich hatte der Name des Engländers mit der seltsamen Schreibweise die ziemlich einfache Aussprache von Reese. Warum er nicht auch so geschrieben wurde, war eine weitere britische Besonderheit, die ich nie verstehen würde. Man musste die beiden nur sprechen hören, um sie als Ausländer zu erkennen.

Die Frau lächelte.

„Hältst du sie nicht auch für..."

Ich konnte das richtige Wort nicht finden.

„Einzigartig?", fragte Rhys. „Ich finde sie einzigartig." Das stimmte. Sie war so einzigartig, dass sie meine Aufmerksamkeit auf sich gezogen hatte und anscheinend auch seine.

„Simon würde das Gleiche denken, wenn er hier anstatt bei seinem Treffen wäre", überlegte ich. Wir waren wegen des Pferdekaufs hier in Helena, nicht für einen Tanz, aber da beschlossen worden war, dass sich Rhys und ich aus den Verhandlungen heraushalten sollten, hatten wir entschieden, unseren freien Abend auf dem Stadtfest zu verbringen.

„Treffen? Es ist ein verdammtes Pokerspiel."

„Geschäftsvereinbarungen werden nun mal mit Alkohol, Frauen und Karten getroffen."

„Er mag vielleicht den Alkohol und die Karten haben, aber wir haben die Frau", stellte Rhys fest.

Er war der Ruhige von uns dreien, ein Mann weniger Worte, aber wenn er sprach, wurden diese Worte sorgfältig gewählt und seine Feststellungen waren in der Regel richtig.

Allein diese dunkelhaarige Schönheit zu betrachten, ließ mich ohne weiteres zustimmen.

Simon, der Schotte, war mehr ein Mann brachialer Kraft als der Emotionen, weshalb er mit Leichtigkeit gute Verträge aushandelte. Es war gut, dass er nicht hier war, da er jeden auf seinem Weg zu *ihr* zur Seite gestoßen hätte, ohne Rücksicht auf ihren eventuellen Status als verheiratete Frau oder ihrer Haltung gegenüber fremden Männern. Diese Methode hätte auch funktioniert, wenn wir nicht auf einem Stadttanz wären. Diese Umgebung erforderte jedoch Finesse und dafür war er nicht gerade bekannt.

„Sie hat den Großteil des Abends ohne einen spezifischen Mann verbracht, also glaube ich nicht, dass bereits jemand Anspruch auf sie erhoben hat", merkte ich an und schob meine Hände in die Hosentaschen. Keinem Mann gelang es ihre Aufmerksamkeit lange zu halten. Ihr Lächeln, das sie gerne und bereitwillig den Frauen, mit denen sie zusammenstand, schenkte, wurde Männern nur selten gewährt und dann nur auf höfliche Weise. Auch wenn ich nicht einfach eine Frau hochheben und wie ein Höhlenmensch, der seine Frau erobert, über meine Schulter werfen würde, so hatte ich auch nicht die Absicht, untätig am Seitenrand zu stehen und zu beobachten, wie mir die Eine, die ich wollte, wie Sand durch die Finger rann. Die Musiker beendeten unter vereinzeltem Applaus ein Lied und ich ergriff die mir dargebotene Möglichkeit beim Schopf. Ich näherte mich ihr, die Augen fest auf sie gerichtet, und als sie mich kommen sah, war es, als wäre sie in einem Spinnennetz gefangen, unfähig wegzusehen oder sich auch nur zu bewegen. Die Damen an ihren Seiten redeten immer noch, doch sie hatte ihre Aufmerksamkeit von ihnen abgewandt und dafür mir geschenkt.

Als ich neben ihr anhielt, beendeten die anderen Damen ihr Geplapper und alle drei legten ihre Köpfe in den Nacken, um zu mir hochzublicken, da ich fast einen Kopf größer als sie war. Ich nickte ihnen zum Gruß zu, aber hielt meinen Blick allein auf *sie* gerichtet. „Darf ich um diesen Tanz bitten?"

Die Musiker stimmten ein neues Lied an und Paare bewegten sich wieder auf die Tanzfläche. Da ich ihr keine Möglichkeit geben wollte, meine Bitte zu verneinen, nahm ich ihre Hand in meine und führte sie zu einer freien Stelle. Vielleicht war ich doch zum Teil ein Höhlenmensch. Ihre Haut war warm und ihre Finger umklammerten meine. Ich wandte mich ihr zu, trat einen Schritt auf sie zu und legte meine freie Hand auf ihre Taille, um unseren Tanz zu beginnen. Meine Hand passte perfekt in die grazile Kurve, mein kleiner Finger drückte gegen ihren breiten Hüftknochen, meine großen Finger berührten fast die Erhebungen ihrer Wirbelsäule. Ich konnte die steifen Stäbe ihres Korsetts spüren und wünschte, ich könnte ihr weiches Fleisch erkunden. „Mein Name ist Cross", stellte ich mich vor, während ich uns über die Tanzfläche zu führen begann. Die Schritte waren nicht kompliziert und ich musste so gut wie keinen Gedanken auf die Bewegungen verschwenden, was sehr gut war, da meine Aufmerksamkeit allein auf sie gerichtet war.

Ihre Augen hatten ihre Hand an meiner Schulter fokussiert, aber sie warf mir einen kurzen Blick zu. „Ich bin Olivia. Olivia Weston."

Ich schenkte ihr ein Lächeln und ihre Augen weiteten sich überrascht. War ich so furchteinflößend?

„Kommen Sie aus Helena, Olivia?", fragte ich in der Hoffnung, ein zwangloses Gespräch zu führen und sie zu beruhigen. Meine Statur war recht beeindruckend. Ich war größer als die Meisten und dreißig Pfund schwerer als viele Männer. Frauen schauten mich häufig zweimal an, aber nicht, weil sie von meinem Anblick verzaubert wären, sondern aus Angst. Der feste Griff ihrer Hand war das einzige Anzeichen ihrer Beunruhigung, was gut war, da ich nicht wollte, dass sie mich fürchtete. Ganz im Gegenteil wünschte ich mir, dass sie unseren Tanz vergnüglich finden würde, da ich es sehr genoss ihre zierliche Gestalt zu halten, während mich ihr süßer Duft einhüllte.

Sie nickte kurz, wobei eine Locke auf ihrer Schulter hüpfte. „Ja und ich nehme an, Sie nicht, denn ich glaube, sonst würde ich mich an Sie erinnern."

Ihre Stimme war sanft, dennoch schwang auch eine leichte Heiserkeit darin, die mein Blut zum Kochen brachte.

„Ich bin also unvergesslich? Das ist gut zu wissen und ein tolles Kompliment", erwiderte ich.

„Nein, ich meine...es ist nur so – ", stotterte sie, dann sah sie das belustigte Funkeln in meinen Augen und schürzte ihre Lippen, ein Mundwinkel verzog sich allerdings nach oben, wodurch ich wusste, dass ich sie nicht wirklich verärgert hatte.

„Ich hätte mich definitiv an Sie erinnert, Olivia, wenn ich Sie zuvor schon mal gesehen hätte. Tatsächlich wäre ich Ihnen gegenüber ziemlich aufmerksam gewesen und Sie hätten mich nicht vergessen."

Ihre Wangen nahmen einen hübschen Rotton an und sie blickte auf die Knöpfe meines Hemdes.

„Um Ihre Frage zu beantworten, nein. Ich komme von meiner Ranch, Bridgewater, die östlich von hier liegt."

Sie versteifte sich in meinen Armen und zuerst dachte ich, es wäre wegen der Erwähnung Bridgewaters, aber dann erkannte ich, dass sie etwas hinter meinem linken Arm fixierte. Sie trat etwas näher zu mir und drehte ihre Stirn in Richtung meines Oberarms, als ob sie meinen Körper wie eine Art Schild verwenden würde.

„Bereitet Ihnen etwas Sorgen?", fragte ich, aber blickte nicht in die Richtung, die ihr Sorgen zu machen schien. Auch wenn ich meine ruhige Haltung beibehielt und weiterhin mit ihr tanzte, war ich jetzt wachsam und achtete auf jeglichen Ärger oder Gefahr für Olivia.

Sie entspannte sich, zwang sich ein Lächeln ins Gesicht und antwortete: „Nein, alles ist gut."

Etwas, nein wahrscheinlich jemand, hatte sie verärgert, aber sie wollte mir nichts darüber erzählen.

„Wir mögen uns zwar erst getroffen haben, aber bitte betrachten Sie mich als Ihren Beschützer, Olivia. Ich möchte Ihnen keinen Schaden zufügen und werde auch dafür sorgen, dass Sie keiner ereilt."

Überrascht weitete sie ihre hellen Augen. „Sie sagen das, als würden Sie es so meinen."

„Sie glauben nicht, dass ich Sie beschützen kann?" Ihre Worte überraschten *mich*.

„Schauen Sie sich doch an." Sie deutet mit ihrem Kinn auf mich. „Sie sind...sehr groß und könnten ein ziemlich gefährlicher Gegner sein."

Ich grinste wieder. „Ja, ich bin sehr groß und weiß diese Größe auch gut einzusetzen." Ich bezweifelte, dass sie die Doppeldeutigkeit verstand. „Haben Sie keinen männlichen Beschützer?"

„Ich wohne bei meinem Onkel, der einem Drachen gleicht und mich leidenschaftlich beschützt. Ich führe zudem kein extravagantes Leben und benötige daher keinen großen Beschützer."

„Oh?", entgegnete ich neutral.

„Mein Onkel hat mich großgezogen und ich habe seine Tendenz, nach Bildung zu streben, übernommen, weshalb ich für gewöhnlich lese und zu Hause bleibe. Ich lebe ziemlich behütet und bin kein Mensch, der auf Feste gehört."

„Sie scheinen aber auf diesem Fest gut zurecht zu kommen", erwiderte ich.

Sie runzelte kurz die Stirn. „Es ist ein Feiertag und außerdem hat mein Onkel darauf bestanden."

„Dann werde ich mich bei ihm bedanken müssen."

„Warum?", fragte sie und neigte ihren Kopf leicht zur Seite.

„Andernfalls hätte ich Sie nie kennengelernt und darüber freue ich mich sehr." Ihre Wangen erröteten wieder so hübsch.

„Aber Sie haben nie meine Frage bezüglich des männlichen Beschützers beantwortet."

„Wie ich bereits sagte, ist mein Onkel mehr als ausreichend. Ich benötige keinen zusätzlichen Schutz."

So wie die Männer sie auf dieser Tanzveranstaltung beobachteten, war ich da anderer Meinung, aber ich würde den Tanz nicht verderben, indem ich mit ihr stritt. Ich drückte ihre Hand leicht, so dass sie zu mir sah. „Na schön, aber falls Sie jemals Schutz benötigen sollten, ich bin Cross von der Bridgewater Ranch."

Das Lied endete und obwohl wir aufhörten, uns zu bewegen, ließ ich sie nicht los. „Versprechen Sie es mir, Olivia."

Die Leute liefen um uns herum und redeten freundschaftlich miteinander, während wir regungslos dastanden und ich sie mit meinen Worten an Ort und Stelle hielt.

„Sie wohnen nicht in Helena und können mir keinen Schutz bieten, egal was für ein Sturm aufzieht. Nach Ihrem ernsten Gesichtsausdruck zu schließen, werden Sie meine Hand allerdings nicht loslassen, bis ich zustimme."

Ich grinste über ihre Schlauheit.

„Na schön, ich stimme zu. Ich werde Sie an Ihr Angebot erinnern, sollte ich jemals das Bedürfnis danach haben."

Die Definition des Wortes 'Bedürfnis' bot mehr als eine Bedeutung. Auch wenn ich sie vor jeglicher Art von Gefahr beschützen würde, würde ich auch mehr als gerne irgendwelche anderen Bedürfnisse, die sie verspüren könnte, befriedigen. So wie sie aussah und nach dem zu schließen, wie sie aufgewachsen war, hatte sie ein behütetes Leben geführt und wusste nichts von den Bedürfnissen einer Frau. Die Vorstellung, dass ein anderer Mann ihr diese beibrachte, war bestenfalls erschreckend.

Unglücklicherweise hatte ich keine andere Wahl, als sie freizugeben. Ich tat es nur unwillig, da sie sich in meinen Armen...richtig angefühlt hatte.

2

LIVIA

Es waren so viele Männer an mir interessiert, dass ich den Großteil des Abends tanzend verbrachte, was ziemlich überraschend war. Von seinem Platz in der Ecke, wo er mit Freunden sprach, beobachtete mich Onkel Allen mit einem breiten Lächeln. Wir hatten um das letzte Kuchenstück gewettet, dass ich auf diesem Fest kein Mauerblümchen sein würde. Unglücklicherweise war ich die Verliererin und würde daher kein Dessert genießen dürfen.

Die Aufmerksamkeit war überraschend, weil mein alltägliches Leben ziemlich unaufgeregt war. Ich hatte männliche Besucher, aber keiner interessierte mich. Manche waren sogar gut aussehend, aber sie redeten über stumpfsinnige Dinge, als ob ich hohl im Kopf wäre. Ich diskutierte zwar gerne über Bänder und die neuesten Kleidermuster, aber ich nahm auch gerne an Debatten über die Eigenstaatlichkeit und andere gesellschaftliche Belange teil. Wenn ich allerdings ein solches Thema ansprach, wurde ich entweder zurückgewiesen, weil ich eine eigene Meinung hatte, oder dafür verachtet, dass ich sie mitgeteilt hatte.

Clayton Peters war derjenige, der in seinen Bemühungen subtil vorgegangen war, aber Grund zur höchsten Beunruhigung gab. Er war attraktiv, aber sein Charakter beunruhigte mich und rief unangenehme Gefühle in mir hervor. Jedes Mal, wenn ich ihn sah, wurde seine Aufmerksamkeit aggressiver. Körperlich hatte er mich bis auf ein Händeschütteln nicht berührt. Die Aggression war verbal, besitzergreifend. *Wenn du mir gehörst...Es ist nur eine Frage der Zeit, bevor du meinem Werben nachgibst...Meine Pläne schließen dich ein...*

Er jagte mir Schauer über den Rücken und keine der guten Sorte. Obwohl ich all seine Annäherungsversuche abgewiesen hatte, schien er mein Desinteresse nicht zu erkennen oder es war ihm egal und er fuhr damit fort, mich aufzusuchen. Erst vor einem Tag, als wir in meinem Empfangszimmer gesessen und ich ihm mitgeteilt hatte, dass ich ihn nicht länger zu sehen wünschte, hatte er sich vor meinen Augen verändert. Der aufmerksame Verehrer war durch einen wütenden Mann ersetzt worden – einen bösen Mann, der sich weigerte ein Nein zu akzeptieren. Er war wütend gewesen, seine Haut gerötet und fleckig und er hatte mein Handgelenk ziemlich schmerzhaft gepackt, bis Onkel Allen beim Klang unserer erhobenen Stimmen eilig das Zimmer betreten hatte. Er war schockiert und wütend über das veränderte Verhalten des anderen Mannes gewesen und hatte ihn persönlich aus dem Haus geworfen.

Nachdem wir uns beruhigt hatten – Onkel Allen hatte geschworen, 'den Bastard zu töten', wenn Mr. Peters sich mir noch einmal nähern würde – hatte er mir wieder versichert: „Wenn du den richtigen Mann findest, wirst du dich fühlen, als hätte dich ein Blitz getroffen." Das war mir in den dreiundzwanzig Jahren meines bisherigen Lebens noch nie passiert, besonders nicht bei Mr. Peters, und ich begann, mir

Sorgen zu machen, dass ich es auch nie fühlen würde. Mein Onkel war ein überzeugter Junggeselle, obwohl er erst Anfang Fünfzig war und hatte so etwas eindeutig noch nicht erlebt, also konnte ich mir dem Wahrheitsgehalt seiner Worte nicht sicher sein. Aber auf dem Tanzfest passierte es nicht nur einmal, sondern gleich zweimal. Bestimmt lag Onkel Allen falsch, wenn ich den Blitzschlag gleich zweimal innerhalb eines solch kurzen Zeitraumes verspürte.

Der erste hatte sich bei einem Mann namens Cross ereignet. Ich war mir nicht sicher, ob das ein Nach- oder Vorname war. Er hatte es nicht gesagt und ich war nicht genug bei Verstand gewesen, um zu fragen. Zu sagen, dass mich der Mann durcheinander gebracht hatte, wäre eine Untertreibung. Als ich ihn zum ersten Mal am anderen Ende des Saals erblickt hatte, hatte ich einen Moment lang gedacht, mein Herz hätte ausgesetzt, da es ruckte und dann gegen meine Brust sprang und mir ganz heiß geworden war. Einmal war ich durch eine verrottete Holzdiele auf der Veranda gekracht und ich hatte mich verwirrt und überrascht und überhitzt und verängstigt gefühlt und mein Herz hatte bei diesem Schock wie verrückt geschlagen. Nur in Cross' grüne Augen zu blicken – denn sie hatten ein sehr verlockendes Grün, fast wie Gras – rief in mir das Gefühl hervor, als wäre ich von neuem durch den Verandaboden gefallen. Es hatte auf jeden Fall einen Blitz gegeben.

Er war so groß, dass ich nur bis zu seinem Kinn reichte. Als ich beim Tanzen in seinen Armen gelegen hatte, hatte ich mich so klein gefühlt. Ich hatte seine breiten Schultern, den festen Oberkörper und die langen Beine angestarrt, was ich mühelos tun konnte, da ich ihm so nah gewesen war. Seine Hand hatte meine klein erscheinen lassen und sie praktisch in seinem Griff verschluckt. Ich hatte erwartet, dass er aufdringlich und ungehobelt sein würde, aber er war das genaue Gegenteil gewesen. Ich hatte mich irgendwie mit ihm verbunden gefühlt, als ob der Rest der Tänzer verschwunden wäre und nur ein großer, blonder Mann existierte. Ich hatte kaum an seinen Schultern vorbeisehen können. Stattdessen hatte ich mich daran erfreut, mich in seinen Worten, seiner tiefen Stimme und seinem Blick zu verlieren. Als er mich ansah, hatte ich mich gefühlt, als hätte ich seine gesamte Aufmerksamkeit und vielleicht hatte ich das auch. Sein Kiefer war kantig und sein Mund breit unter einer langen Nase, dennoch passte sie zu seinem Gesicht. Sein Kiefer war rasiert und seine Haare waren, wenn auch recht lang, ordentlich und gut frisiert.

Als ich in meinem Augenwinkel einen Blick auf Mr. Peters erhascht hatte, hatte ich nicht gewollt, dass der Tanz endete. Ich fühlte mich in Mr. Cross' Armen sicher, behütet und eindeutig vor Mr. Peters' Zorn geschützt. Cross' Körper strahlte Hitze aus, sein reiner, männlicher Duft verlockte mich dazu, meinen Kopf auf seine Brust zu legen und meine Augen zu schließen. Irgendwie bemerkte er meine Angst darüber, den anderen Mann zu sehen und bot mir seinen Trost, sogar seinen Schutz an. Das war...freundlich gewesen und ich hatte das genießen wollen, aber der Tanz kam zu einem Ende und ich machte mir Sorgen, ob Mr. Peters eine Szene machen und ich mich wieder mit ihm auseinandersetzen würde müssen, dieses Mal in aller Öffentlichkeit.

Eine Stunde später, als der letzte Tanz angekündigt wurde, traf mich der Blitz zu meiner Überraschung noch einmal. Ich teilte gerade Onkel Allen mit, dass wir früher gehen konnten, da nichts mit dem Tanz mit Mr. Cross würde mithalten können, als ein anderer Mann sich hinter mir räusperte. Onkel Allen sah ihn zuerst, seine Augen weiteten sich und ein leichtes Lächeln umspielte seine Lippen. Ich wirbelte herum, da ich dachte, es wäre Cross. Stattdessen war der Mann vor mir das völlige Gegenteil von ihm, aber genauso atemberaubend. Der Neuankömmling hatte dunkle Haare, vielleicht so dunkel wie meine, und gebräunte Haut, die das Strahlen seines Lächelns nur noch hervorhob. Dunkle Augen hielten mich an Ort und Stelle. Oh...

„Miss Weston, darf ich um diesen Tanz bitten?" Seine Stimme war etwas ruppig und die Worte wurden mit einem seltsamen Akzent ausgesprochen.

Da ich bemerkte, dass mein Mund offenstand, schloss ich ihn schnell. Ich warf einen kurzen Blick zu Onkel Allen, da ich ihn nicht verärgern wollte, zur gleichen Zeit wollte ich aber auch nicht, dass er irgendein Anzeichen des Blitzschlags sah, den ich bei der einfachen Frage des Fremden verspürt hatte, aber Onkel Allen nickte begeistert.

„Ja, Dankeschön", erwiderte ich.

Er streckte mir seinen Ellbogen entgegen und ich schlang meine Hand um seinen Bizeps. Seinen sehr dicken, harten und muskulösen Bizeps. Der Schnitt seiner Jacke tat nichts, um ihn zu verbergen. Während er mich auf die Tanzfläche führte, lehnte er sich näher zu mir, so dass er nur zu mir sprechen konnte. „Ich bin Rhys, ein Freund von dem Mann, mit dem Sie zuvor getanzt haben. Cross? Erinnern Sie sich an ihn?"

Erinnern? Wie hätte ich ihn vergessen können? Aber dieser Mann, war ganz anders als Mr. Cross. Er war genauso groß, aber schlanker. Dunkler, dennoch ernster. Während Cross ruhig gewesen war und mir seinen Schutz ein bisschen wie eine dicke Winterdecke angeboten hatte, strahlte Mr. Rhys helle Gewissheit und Zuversicht aus. Die Leute machten uns Platz. Der Mann hatte eine Art an sich, die Achtung gebot. Als er meine Hand in seine nahm, war er genauso sanft wie Mr. Cross, aber er war viel bestimmter, legte meine Hand auf seine Taille und seine andere auf meine Schulter, wie er es wollte. Als die Musik einsetzte und wir anfingen uns zu bewegen, fühlte ich mich eher, als würde ich über die Tanzfläche getragen als geführt werden.

Als ich durch meine Wimpern zu ihm hochblickte, wurde mir bewusst, dass ich die beiden verglichen hatte, anstatt sie getrennt voneinander zu betrachten. Es war ja nicht so, als würde ich Mr. Cross je wiedersehen und es gab keinen Grund, sie zu vergleichen. Die Männer waren unterschiedlich und genauso wie Mr. Cross würde ich nach dem Ende dieses Tanzes auch Mr. Rhys nicht wiedersehen. Daher brachte ich meine Gedanken zum Schweigen und genoss es einfach nur, in seinen Armen gehalten zu werden, da ich wusste, er hatte sich für diesen Tanz entschieden und war speziell an meiner Aufmerksamkeit interessiert gewesen.

„Miss Weston, es passiert selten, dass man eine ‚schwarze Irin' wie Sie sieht und dann noch so eine reizende", merkte er an. Ich hatte den Hinweis auf meine Haar- und Augenfarbe schon zuvor gehört, aber das war nicht der Grund, warum ich einen falschen Schritt machte. Eine feste Hand auf meiner Hüfte hielt mich sicher, so dass ich nicht fallen konnte.

„Woher kennen Sie meinen Namen?", fragte ich und neigte meinen Kopf leicht zur Seite.

Sein Mundwinkel bog sich nach oben. „Wie ich bereits sagte, ist Cross mein Freund und er dachte, es könnte mir gefallen, Sie kennenzulernen."

Wie seltsam. „Warum?"

Er runzelte leicht die Stirn und eine kleine Falte entstand. „Warum?", wiederholte er. „Es passiert nicht oft, dass einer von uns eine so hübsche Frau sieht, eine Frau, die unser beider Interesse weckt."

Ich konnte nicht anders, als bei dem Kompliment zu erröten, aber zur gleichen Zeit fühlte es sich seltsam an. „Sie teilen sich Tanzpartnerinnen?"

Er wartete einen Moment, bevor er antwortete: „Wir teilen uns viele Dinge, Miss Weston."

Eine weitere seltsame Antwort, aber ich war fasziniert. „Ihr Freund, Mr. Cross, sagte, dass er von einer Ranch östlich von hier kommt. Kommen Sie auch aus dieser Richtung, denn Ihr Akzent ist ziemlich einzigartig?" Natürlich war das belangloses Geplauder, aber ich wusste nicht, was ich sonst fragen sollte. Er hatte mich aus dem Gleichgewicht gebracht und der Tanz würde schon bald enden und das bedeutete, dass er mich, genauso wie sein Freund, verlassen würde. Es *war* nur ein Tanz. Nicht mehr.

„Ich bin Brite, aber ich war dort seit langer Zeit nicht mehr. Mein Zuhause ist Bridgewater, genauso wie Cross'."

„Ist die Ranch sehr groß?"

Er wölbte eine Augenbraue bei meiner Frage, aber antwortete bereitwillig: „Ich glaube, es ist eine der Größten im ganzen Gebiet, aber es wohnen auch viele Menschen auf der Ranch."

„Sind Sie geschäftlich oder zum Vergnügen hier in Helena?"

„Dieser Tanz und Ihre Gesellschaft, Miss Weston, sind reines Vergnügen." Das Kompliment erhitzte meine Wangen und ich wusste weder, wie ich antworten sollte, noch konnte ich ihn länger ansehen. Also betrachtete ich die Knöpfe auf seiner dunklen Jacke, genauso wie ich es bei seinem Freund getan hatte. Er war so gepflegt wie sein Freund. „Wir sind in Helena, um ein Pferd zu kaufen."

„Sie und Mr. Cross?"

Die Musik spielte und die Leute um uns herum tanzten, aber genauso wie zuvor, ignorierte ich das alles.

„Cross und ich, genauso wie ein guter Freund von uns, Simon."

„Sie haben viele Freunde", stellte ich fest. Ich hatte viele Bekannte, aber keine engen Freunde.

„Nicht viele, aber diejenigen, die ich habe, halte ich in höchsten Ehren. Und Sie? Ihre Begleitperson, Cross sagte, er wäre Ihr Onkel?"

„Ja. Meine Eltern starben, als ich noch klein war und er hat mich großgezogen."

Seine Hand drückte kurz meine Taille. „Es tut mir leid, von Ihren Eltern zu hören."

Ein Anflug von Trauer erschien in seinen Augen, der jedoch schnell versteckt wurde.

„Haben Sie ebenfalls Familienmitglieder verloren?", erkundigte ich mich.

Er nickte einmal. „Anders als Sie, hatte ich allerdings keinen Onkel, der sich meiner angenommen hat und Waisenkinder werden dort, wo ich herkomme, nicht gerade geschätzt. Mit der Zeit habe ich gelernt, dass eine Familie diejenige ist, die man sich selbst aufbaut. Also hatte ich Glück."

Ich geriet ins Schwanken. „Dann sind Sie also verheiratet?" Ich sah mich um, als ob ich am Rand der Tanzfläche eine Frau finden könnte, die seine Frau sein könnte. Es war eine dumme Handlung, aber sie bewahrte mich davor, die Wahrheit auf seinem Gesicht sehen zu müssen.

„Natürlich nicht. Ich würde nicht mit einer anderen Frau tanzen, wenn ich verheiratet wäre."

Der Tanz neigte sich dem Ende zu und Mr. Rhys führte mich zurück zu meinem Onkel, wobei seine Hand auf meinem Kreuz ruhte. Die Berührung jagte mir kleine Schauer über die Wirbelsäule. Hatte ich ihn beleidigt? Ein beklemmendes Gefühl breitete sich in meiner Brust aus, als mir bewusstwurde, dass ich seine Ehre beleidigt hatte, da ein ehrenhafter, verheirateter Mann eine andere Frau nicht um einen Tanz oder irgendeine andere Art des Vergnügens bitten würde.

„Sir." Mr. Rhys reichte meine Hand meinem Onkel und stellte sich vor. „Vielen Dank für die Möglichkeit mit ihrer Nichte tanzen zu dürfen."

„Jederzeit, junger Mann", antwortete er. Er schien von Mr. Rhys beeindruckt zu sein und war sich des Fauxpas, den ich begangen hatte, nicht bewusst. „Sie kommen nicht aus dieser Gegend."

Er schüttelte seinen Kopf. „Nein, Sir. Ich komme aus Bridgewater."

Da veränderte sich Onkel Allens Gesicht auf eine Weise, die ich nicht identifizieren konnte, aber es war keine Verachtung. Er wirkte irgendwie...zufrieden. Beeindruckt. „Ich kenne noch einen anderen Gentleman von der Ranch, einen Mr. Kane, glaube ich."

Die dunkle Linie von Mr. Rhys' Augenbraue hob sich überrascht. "Ja, Kane gehört auch zu Bridgewater."

"Er hat letztes Jahr Rinder von einem meiner Männer in Simms gekauft, glaube ich", fügte Onkel Allen hinzu.

"Das hat er." Er hielt inne, dann grinste er. "Weston, ja. Jetzt kann ich die Verbindung herstellen. Es waren also Ihre Rinder."

Onkel Allen nickte.

"Wir sind in der Stadt, um einen Deckhengst zu kaufen. Allerdings verliefen die Verhandlungen bisher nicht so glatt wie Kanes mit Ihrem Mann letztes Jahr."

"Oh? Wer ist Ihr Kontakt hier in Helena?"

"Clayton Peters. Auch wenn es etwas schwer ist, mit ihm zu arbeiten, so sind seine Pferde doch sehr beeindruckend."

Ich versteifte mich bei der Erwähnung seines Namens.

"Wir kennen Mr. Peters recht gut", sagte Onkel Allen düster. Der barsche Ton und seine steifen Schultern entgingen Mr. Rhys nicht.

"Gibt es etwas, das wir in Bezug auf unsere Geschäfte mit dem Mann wissen sollten? Hat er Sie schlecht behandelt?"

Zu meiner Überraschung nahm Onkel Allen meine Hand in seine. "Ich habe großen Respekt für die Männer von Bridgewater und Ihre Sitten, also werde ich Ihnen etwas zeigen." Er hob meine Hand und zog den Spitzensaum meines Kleides nach hinten, um die Blutergüsse zu offenbaren, die mir Mr. Peters zugefügt hatte.

Mr. Rhys' Augen verzogen sich zu Schlitzen und sein Kiefer spannte sich an, als er auf die dunklen Male an meinem Handgelenk blickte. "Peters?" Als ich nicht antwortete, blickte er zu meinem Onkel, der nickte. "Hat er Sie auf irgendeine andere Weise verletzt?", fragte er mich.

Die Heftigkeit und Wut in seinem Blick ließen mich zurücktreten, aber ich konnte mich nicht aus dem Griff meines

Onkels befreien. Es war mir peinlich, dass meine Schwäche einem Fremden offenbart wurde und ich bedeckte mein Handgelenk mit meiner anderen Hand. „Nein, er hat nur meinen Stolz verletzt", erwiderte ich.

„Ich bin mit Cross, den Sie kennengelernt haben, Miss Weston, und mit Simon McPherson in der Stadt. Wenn es irgendetwas gibt, das Sie brauchen, bitte zögern Sie nicht, Kontakt zu einem von uns aufzunehmen, jetzt oder auf Bridgewater."

„Vielen Dank", entgegnete Onkel Allen. „Diese zwei Männer haben die gleiche Gesinnung wie Sie?"

Die Männer tauschten einen Blick aus, aber ich wusste nicht, was es war. Mr. Rhys nickte und antwortete: „In der Tat." Der Mann wandte sich mir zu und verbeugte sich leicht. „Miss Weston, es war mir eine Freude. Ich hoffe, bald wieder Ihre Bekanntschaft machen zu dürfen."

Ich murmelte eine leises Danke, aber meine Kehle war trocken. Seine dunklen Augen blickten mich noch einen Moment länger an, als ob er versuchen würde, etwas tief in den meinen zu sehen. Dann drehte er sich um und ging.

„Blitzschlag, Olivia?", fragte mein Onkel mit funkelnden Augen, um herauszufinden, was ich für den Mann empfand.

Meine Wangen wurden rot und da ich wusste, dass ich meine Emotionen nicht vor meinem Onkel verbergen konnte, widerholte ich: „Blitzschlag."

„Und auch nicht nur für Rhys, hmm?", fragte er weiter, dann gluckste er, als ich noch mehr errötete.

Hmm, er hatte recht. Ich empfand *etwas* für zwei Männer. Was stimmte nur nicht mit mir?

3

IMON

„So wie ihr schaut, habe ich etwas verpasst", sagte ich zu Cross und Rhys, während ich Whiskey in drei Gläser schüttete. Ich hob mein eigenes hoch und musterte sie unterdessen.

„Nicht etwas, *jemanden*", entgegnete Cross und leerte sein Glas in einem Zug.

„Wenn es Peters war, so kenne ich ihn bereits. Der Bastard sagte, er wolle das Geschäft abschließen, um zu dem Tanz zu gehen. Ich glaube seine Worte lauteten, 'Ich habe da eine Kleine, die ich in die Finger bekommen will. Da sie so prüde und sittsam ist, ist ein Tanz die einzige Möglichkeit, dass mir diese jungfräuliche Schlampe erlauben wird, sie zu berühren.'"

Ich stürzte meinen Whiskey hinab, während ich über die Worte des Bastards nachdachte. Es gefiel mir nicht, wenn man so über eine Frau sprach, egal wer sie war. Wenn ich ihr Vater oder Bruder oder irgendein Verwandter wäre, hätte ich ihn zusammengeschlagen und ihn den Geiern überlassen.

Rhys lehnte sich in seinem Stuhl zurück und verschränkte die Arme vor der Brust. „Das hat er gesagt?"

Ich nickte und legte meine Unterarme auf den Tisch. „Wenn er nicht den Zuchthengst hätte, den wir wollen, würde ich mit dem Mann nichts zu tun haben wollen."

„Er sprach von Olivia", erklärte uns Rhys.

„Olivia?", fragte ich mit lauter Stimme, die sogar die blecherne Klaviermusik übertönte. Ich blickte nach links und rechts auf die anderen Saloonbesucher, dann beugte ich mich nach vorne und senkte meine Stimme. „Wer zur Hölle ist Olivia?"

„Sie ist die Eine", antwortete Cross.

„Er hat recht", fügte Rhys hinzu. „Sie ist definitiv die Eine."

Ich konnte nicht anders, als sie überrascht anzustarren, da es noch nie zuvor passiert war, dass sich die beiden Männer auf eine Frau geeinigt hatten.

„Und Peters hat auf diese Weise über sie geredet?", fragte ich. „Wie stehen die Chancen, dass er sie für sich gewinnen wird?"

„Gleich null", erwiderte Cross.

Rhys schaute zwischen uns hin und her, dann kippte er seinen Stuhl zurück auf zwei Beine. „Peters hat sie berührt", erklärte er.

Cross legte auch die Unterarme auf den Tisch. „Was?", schrie er. „Wie?"

„Ich kenne die Details nicht, aber sie hatte Blutergüsse auf ihrem Handgelenk. Ihr Onkel wird ihn jetzt von ihr fernhalten, da er weiß, wozu der verdammte Bastard fähig ist."

„Das Arschloch ist verrückt. So wie ich seinen Charakter einschätze, könnte er mehr als Blutergüsse verursachen." Die Vorstellung passte mir überhaupt nicht und ich hatte die Frau, die meine Freunde erobern wollten, noch nicht einmal gesehen.

Zur Hölle, wir waren mehr als Freunde. Rhys war ein Bruder, geschmiedet im Kampf, durch die Schwierigkeiten und das Leben in einem korrupten Armeeregiment. Wir hatten gemeinsam mit den anderen Bridgewater Männern überlebt und die Ranch aufgebaut. Unseren sicheren Hafen, unser Land, unsere Familie. Eines Tages würden Rhys, Cross und ich gemeinsam eine Frau für uns beanspruchen, genauso wie wir es während unserer Zeit in dem kleinen Land Mohamir im mittleren Osten, wo wir Diplomaten beschützt hatten, kennengelernt hatten. Da wir von den viktorianischen Gesellschaftswerten enttäuscht waren, nahmen wir die mohamirschen Sitten an, denen zu Folge eine Frau an mehr als einen Mann gebunden wurde, der sie besaß und wertschätzte. Mehrere Ehemänner waren zum Wohl der Ehefrau, da sie und alle Kinder, die aus der Verbindung hervorgingen, nicht ohne den Schutz eines Mannes sein würden.

Rhys und ich hatten Cross kennengelernt, als wir in Amerika angekommen waren. Er hatte uns in einem Kampf beigestanden, bei dem wir eine Hure vor einer Gruppe Männer, die sie vergewaltigen wollten, beschützt hatten. Wir hatten Boston zusammen verlassen und er war mit uns nach Westen geflohen. Die Reise und die gemeinsamen Jahre hatten seitdem, genauso wie der Krieg, eine Bruderschaft geschmiedet. Wir hatten gemeinsam mit den anderen Männern Bridgewater zu der erfolgreichen Ranch, die sie war, aufgebaut und wir drei würden gemeinsam auf eine Braut Anspruch erheben.

Kane und Ian hatten im vergangenen Jahr Emma geheiratet, Andrew und Robert hatten Ann noch davor für sich beansprucht. Im Verlauf des Winters hatten Mason und Brody ihre Braut, Laurel, gefunden, als sie sie aus einem Schneesturm gerettet hatten. Wir hofften, dass wir auch eine Frau finden würden, aber es war keine leichte Aufgabe. Eine Frau zu finden, die einer von uns wollte, war nicht sonderlich schwer, aber eine Frau zu finden, nach der wir uns alle drei sehnten, war sehr viel schwieriger.

Diese Vereinbarung – drei Männer für eine Braut – war nichts, das wir offen in die Welt hinausposaunten, also war es ziemlich schwer, zu erkennen, ob eine Frau uns alle drei wollen würde.

Wir würden sie gemeinsam teilen, erobern und besitzen. Wir wussten nur noch nicht, wer sie war. Es schien allerdings so, als würden Rhys und Cross diese Frau Olivia für die Richtige halten. Es verhieß Gutes, wenn sie sie beide anziehend fanden.

„Beschreibt sie", verlangte ich

Cross deutete mit seinem Kinn zu mir. „Haare so dunkel wie deine."

„Klein", fügte Rhys hinzu, wobei er seine Hände verwendete, um ihre Höhe anzuzeigen, dann bewegte er seine Hände, um die Form ihrer Kurven zu zeigen.

Cross lachte. „Es stimmt, sie hat sehr nette Kurven."

„Ein Stockwerk über uns gibt es auch Frauen mit dunklen Haaren und Kurven", entgegnete ich, wobei ich mich auf die Dirnen bezog, die über dem Saloon arbeiteten und die ganze Nacht lang Kunden zu Diensten waren.

Die Gesichter beider Männer verdüsterten sich und ich fürchtete, dass meine Nase gebrochen werden würde, wenn ich noch einmal geringschätzig über diese Olivia Frau sprechen würde. „Scheiße", murmelte ich, dann hielt ich meine Hände hoch, um sie abzuwehren. „Es hat euch erwischt."

Beide Männer nickten. „So ist es", bestätigte Cross.

„Ich habe ihren Onkel kennengelernt", erzählte Rhys. „Sagt euch der Name Weston irgendetwas?"

Ich dachte nach, wann ich den Namen schon mal gehört hatte und dann fiel es mir plötzlich ein.

„Das Rindergeschäft?", fragte ich.

„Hat Kane nicht gesagt, dass er...?", fragte Cross, aber ließ die Frage unbeendet, da wir alle die Antwort kannten.

Beide Männer grinsten und ich schloss mich ihnen an, da wir wussten, dass Olivias Onkel unseren Ménage Lebensstil gutheißen würde, denn er lebte ihn selbst. Kane hatte gesagt, dass der Mann, der uns im vergangenen Sommer die Rinder verkauft hatte, sich mit einem anderen Mann eine Frau teilte, aber anscheinend hatte er diese Tatsache vor seiner Nichte geheim gehalten. Kane hatte nur gute Dinge über ihn erzählt. Wenn er sich also für Allen Weston verbürgte, dann war das gut genug für uns. Es würde unserer Sache dienlich sein, wenn wir sie heiraten wollten, da ihr Onkel nichts dagegen haben würde, wenn sie von drei Männern beansprucht wurde. Er würde es als Vorteil sehen.

Ich schenkte eine weitere Runde Whiskey aus. „Sie ist die Unsere."

OLIVIA

Ich konnte nicht schlafen und war ruhelos, da mich die hübschen Gesichter von Mr. Cross und Mr. Rhys verfolgten, während ich mich im Bett herumwarf und wälzte. Ich durchlebte noch einmal jeden Moment der beiden Tänze, ihre Worte, das Gefühl ihrer Hände auf mir, ihre unterschiedlichen Düfte, Mr. Rhys' ungewöhnlichen Akzent. Alles. Ich stöhnte. Nichts würde ihre Bilder aus meinen Gedanken löschen, also schlüpfte ich in meine Robe und ging in die Küche, um eine Kleinigkeit zu essen.

„Du warst ziemlich begehrt auf dem Tanz", stellte Onkel Allen fest und überraschte mich, als ich in den Raum trat. Ich hätte ihn dort sehen sollen. Dass ich es nicht getan hatte, war ein eindeutiges Zeichen dafür, dass meine Gedanken umherwanderten. Er hatte eine Kaffeetasse in der Hand, aus der Dampf quoll. Wie er so etwas Starkes trinken und danach einschlafen konnte, war mir schleierhaft.

Ich ging zum Eisschrank und zog den Milchkrug heraus, schenkte mir ein Glas ein und gesellte mich zu ihm an den Tisch. Wir nahmen unsere Mahlzeiten in der Küche ein, da es nur uns zwei gab und wir daher nicht das viel größere Esszimmer benötigten. Obwohl Onkel Allen ziemlich wohlhabend war, stellte er das nicht zur Schau und ich war genauso aufgewachsen. Das Haus war nicht riesig oder pompös wie die anderen in der Nähe, wo das Geld mit vollen Händen ausgegeben wurde. Es war gerade groß genug, dass wir zufrieden leben konnten. Wir waren beide einfache Leute mit einfachen Bedürfnissen.

Ich konnte spüren, wie meine Wangen heiß wurden, und daher trank ich meine Milch sehr langsam, um mich wieder sammeln zu können. „Ja", antwortete ich neutral.

„Zwei Männer waren besonders gut aussehend und schienen auch sehr von dir angetan zu sein."

Gut aussehend? Mr. Cross und Mr. Rhys waren nicht nur gut aussehend. Sie waren umwerfend, männlich, stark, ernst. Sie waren...ein Blitzschlag.

Onkel Allen hatte vereinzelte graue Strähnen in seinen Haaren, aber ansonsten machte sich sein Alter noch nicht bemerkbar. Er hatte in der Gemeinde von Helena und darüber hinaus durch seine Arbeit viele Kontakte. Die Tatsache, dass er die Männer der Bridgewater Ranch kannte, war ein großer Zufall, zeigte aber auch, wie mächtig er hier im Territorium war. Während er mit all seinen Geschäften ziemlich beschäftigt war, war ich ruhelos, vielleicht weil ich auf etwas anderes gewartet hatte. Den Blitzschlag. Ich hatte darauf gewartet.

Ich konnte Onkel Allens Blick nicht länger ausweichen. Er war schon immer in der Lage gewesen, all meine Geheimnisse zu erkennen, auch wenn ich nicht viele hatte. „Sie sehen beide sehr gut aus, beide sehr...männlich", antwortete ich in dem Versuch, so neutral wie möglich zu bleiben.

Er lächelte. „Das sind sie. Ich kenne ein paar der anderen Männer auf Bridgewater ziemlich gut. Ich kann über sie nur Gutes berichten und wenn du dem offen gegenüberstehst und diese Männer hierherkommen würden, würde ich mich mehr als freuen, sie in unserem Heim willkommen zu heißen."

„Sie? Ich bezweifle, dass einer kommen wird, ganz zu schweigen von beiden."

„Ich glaube, Rhys erzählte, dass noch ein dritter Mann aus Bridgewater hier in der Stadt ist. Simon McPherson."

Ein dritter. Könnte er möglicherweise genauso attraktiv sein wie die anderen zwei?

„Nichts wird sich daraus ergeben, einen von ihnen zu treffen", sagte ich und nahm ihm gleich jede Hoffnung auf eine Verbindung, die er vielleicht gehegt hatte. „Sie kommen nicht von hier und haben eindeutig den Abend damit zugebracht, mit Frauen zu tanzen, um sich die Zeit zu vertreiben, da sie geschäftlich hier sind."

„Ich habe keinen von beiden mit irgendeiner anderen Frau tanzen sehen", entgegnete er, führte seinen Kaffee an die Lippen und nahm einen Schluck.

Mein Herz machte bei diesem Gedanken einen Satz, aber er lag sicherlich falsch. Ich schüttelte meinen Kopf über diese dumme Vorstellung. „Es ist nicht von Bedeutung. Sie sind wahrscheinlich gerade, während wir reden, auf dem Weg zurück nach Bridgewater."

„Um diese nachtschlafende Zeit?" Er schüttelte seinen Kopf. „Ich werde dir keinen Mann aufzwingen, noch werde ich dich von einem fernhalten, der dein Herz gestohlen hat. Wie ich sagte, du wirst es wissen, wenn der richtige Mann vorbeikommt."

Ich trank einen Schluck meiner Milch und fragte dann: „Was ist, wenn es sich bei mehr als einem Mann richtig anfühlt?"

Ich verzog das Gesicht, da ich mir Sorgen machte, dass mein Onkel mich für zu vorlaut halten würde.

„Mehr als einen Mann?" Er dachte nach, aber schien nicht schockiert über meine Frage zu sein. „Du meinst beide Bridgewater Männer?"

Ich nickte.

„Ich bin der Vorstellung, dass eine Frau mehr als einen

Mann hat, der sie beschützt, nicht abgeneigt. Also hat der Blitz zweimal eingeschlagen?"

Er grinste und ich errötete.

„Glaubst du nicht, dass etwas nicht stimmt, weil ich den Blitzschlag bei zwei Männern verspürt habe?" Sicherlich stimmte etwas nicht mit mir, wenn ich so etwas tat oder ich würde mich für einen entscheiden müssen und das würde ziemlich schwer werden.

„Olivia, ich muss dir etwas erzählen. Du bist mittlerweile alt genug, um es zu erfahren und hoffentlich auch zu verstehen. Ich – "

Das Geräusch von zerbrechendem Glas, gefolgt von einem lauten Knall unterbrach Onkel Allens Worte.

Er stand schnell auf, sein Stuhl kratzte über den Boden, als er zur Vorderseite des Hauses rannte. Ich folgte ihm direkt auf den Fersen.

Ich roch den Rauch, bevor ich ihn sah und schon schlugen uns Flammen entgegen.

„Feuer!"

4

HYS

EIN HÄMMERN an meiner Hotelzimmertür weckte mich abrupt auf. Ich schoss im Bett in die Höhe, bemerkte, dass es immer noch dunkel war und fuhr mir mit der Hand übers Gesicht. Ich hatte Probleme mit dem Einschlafen gehabt. Olivias Gesicht vor meinem geistigen Auge zu sehen und mich an das Gefühl ihrer Taille unter meiner Handfläche zu erinnern, hatte meinen Schwanz steinhart werden lassen. Ich war nicht in der Lage gewesen, mit einem verdammten Ständer einzuschlafen, also hatte ich masturbiert und dabei an sie gedacht, um die Sehnsucht zu lindern. Erst dann fiel ich in einen unruhigen Schlaf. Unglücklicherweise wurde ich aufgeweckt, als ich gerade tief eingeschlafen war.

„Was?", schrie ich und schwang die Beine über die Bettseite. Noch mehr Hämmern. Ich stand auf, ging zur Tür und riss sie splitterfasernackt auf. Wer auch immer mich Mitten in der Nacht stören wollte, konnte mich ruhig so sehen, mir war das egal. „Was?"

Simon und Cross standen vor der Tür und so wie sie in dem schummrigen Licht des Ganges aussahen, hatten sie sich eilig angezogen. „Das Haus der Westons hat gebrannt. Allen Weston hat nach uns geschickt."

Ich fuhr mir wieder mit der Hand übers Gesicht und ging in mein Zimmer, um mir hastig Klamotten anzuziehen.

„Heilige Scheiße. Wurde irgendjemand verletzt? Olivia?"

Simon trat in den Raum. „Wir wissen es nicht mit Sicherheit, aber uns wurde mitgeteilt, dass es beiden gut geht."

Der Gedanke, dass Olivia in dem Feuer verletzt worden war, sorgte dafür, dass ich mich mit zusätzlicher Eile anzog. Ich stand auf, ließ die Krawatte weg und verzichtete sogar darauf, all meine Knöpfe zu schließen. Mein Hemd in die Hose zu stecken, wäre Zeitverschwendung. „Gehen wir."

Selbst wenn Allen Weston uns die Adresse nicht genannt hätte, hätten wir das Anwesen aufgrund des starken Rauchgeruchs und der Anzahl an Menschen, die sich um diese Uhrzeit auf der Straße versammelt hatten, leicht gefunden.

Der Anblick von Olivia, die eine weiße Robe trug und deren Haare lang und offen über ihren Rücken fielen, ließ mein Herz einen Schlag aussetzen. Wenn sie nicht vor ihrem Haus stehen würde, das anscheinend nur teilweise zerstört worden war, wäre ich sehr zufrieden mit ihrer leicht bekleideten Erscheinung gewesen. Aber keine Maid – oder eine Ehefrau was das angeht – sollte in solch einer Aufmachung in der Öffentlichkeit gesehen werden und die Vorstellung, dass irgendein Mann sie so sehen konnte, brachte mich dazu, mein Hemd auszuziehen und es ihr zu reichen.

„Nimm das." Das waren meine ersten Worte an sie. Nicht gerade tröstend oder beruhigend, aber sie musste sich bedecken. Jetzt. „Bitte zieh das über deine Robe."

Sie war erstarrt, als ich begonnen hatte mein Hemd aufzuknöpfen und hatte meine Brust angestarrt, als ich sie entblößt hatte. Das war wahrscheinlich nicht der schlaueste

Schachzug gewesen, aber sie musste eher als ich bedeckt werden.

„Nein", sagte Mr. Weston, während er den Gürtel seiner dunklen, langen Robe öffnete und sie auszog. Er trug Hosen und ein Frackhemd, bei dem ein paar der Knöpfe am Kragen geöffnet waren. Anscheinend hatte er sich nach dem Tanz nicht vollständig umgezogen. „Das wird für jeden angemessener sein."

Cross nahm dem Mann die Robe ab und stellte sich hinter Olivia, um ihr hineinzuhelfen.

Simon stellte sich den beiden vor und schüttelte Allen Westons Hand. „Ist einer von Ihnen verletzt? Verbrannt?", fragte er und musterte Olivia. Es war das erste Mal, dass er sie sah, aber sein Blick war eher sachlicher als sexueller Natur.

Sie schüttelte den Kopf und blickte über ihre Schulter zu Cross, während sie ihre Arme in die Ärmel schob. „Nein, wir waren beide wach und in der Küche."

„Es war ein Stein. Hat das Fenster zerbrochen", erklärte Mr. Weston, während er zu seinem Haus blickte und dorthin, wo der Schaden angerichtet worden war. Bis auf ein bisschen Ruß in seinem Gesicht schien es ihm gut zu gehen. Er war wütend, aber gesund. „Dann hat er eine brennende Whiskeyflasche hinterhergeworfen. Der Boden der Empfangshalle ist aus Stein, aber die Flüssigkeit hat sich verteilt und die Wände in Brand gesetzt."

Ich warf einen Blick auf das Haus. Es war zweistöckig und bestand aus Steinen. Die Eingangstür stand offen und die Fenster rechts und links davon waren zerbrochen. Das Feuer hatte sich scheinbar nicht stark ausgebreitet, höchstwahrscheinlich wegen der robusten Bauweise. Auch wenn das Haus nicht übergroß war, stand es außer Frage, dass wir uns in einer guten Nachbarschaft befanden. Es war viel kleiner, als Mr. Westons finanzielle Mittel es zulassen würden, aber er wirkte nicht wie der Typ Mann, der mit seinem

Reichtum prahlte. Unglücklicherweise war dieser Reichtum höchstwahrscheinlich das Motiv für das Feuer.

Nachbarn – zweifellos geweckt von der Unruhe – standen in unterschiedlich bekleideten Zuständen herum, beobachteten und sprachen mit gedämpften Stimmen miteinander.

„Sie haben *er* gesagt, als würden Sie die Person kennen", stellte Simon fest. Sein Akzent war hundert Prozent schottisch, aber wenn er wütend wurde, wurde seine Sprechweise noch undeutlicher.

Mr. Weston nickte. „Ich kann es nicht mit Sicherheit sagen, aber ich denke, es war Clayton Peters."

Olivia hielt die Vorderseite der Robe zu, wobei ihre Hände an ihrem Hals ruhten, als wäre ihr kalt. Es war eine warme Nacht, also machte ich mir Sorgen, dass sie vielleicht unter Schock stand, aber sie wirkte ruhig. Ich würde sie aufmerksam beobachten und beim ersten Anzeichen von Unwohlsein würden wir sie wegbringen.

Cross ergriff Olivias Hand und schob den viel zu langen Ärmel der Robe nach hinten, um nach den Blutergüssen zu suchen, die ich erwähnt hatte. Da, auf ihrem dünnen Handgelenk, konnte ich sie sogar im Dunkeln sehen, fleckig und dunkel. Ihre Hand war in Cross Griff so klein, ihr Handgelenk so schmal und zart. Er könnte mühelos ihre Knochen brechen. Sie hatte bei Peters Glück gehabt. Wenn ich ihn in die Finger kriegen würde, würde er erfahren, was es bedeutete, mit jemandem seiner eigenen Größe zu kämpfen.

„Deswegen?", fragte Cross.

Olivia versuchte ihre Hand aus dem Griff meines Freundes zu befreien und er ließ sie los, so dass der lange Ärmel wieder über ihre Hand fiel. Sie wollte eindeutig nicht der Grund für all diese Zerstörung sein und Cross musste das ebenfalls bemerkt haben.

„Das ist nicht deine Schuld, Liebling", erklärte ihr Cross,

wobei er das formale 'Sie' aufgab und vorsichtig ihre Haare aus ihrer Robe zog, so dass sie lang über ihren Rücken hingen.

Ich war eifersüchtig auf den Mann, da er jetzt wusste, wie sich ihre Haare anfühlten. Ich stellte mir vor, dass sie so weich wie Seide waren.

„Oh, nein Olivia. Das ist Peters' Schuld. Nicht deine", sagte ihr Onkel bestimmt.

Sie nickte und trat näher zu ihrem Onkel. „Wenn ich ihn nicht verärgert hätte, dann – "

Mr. Weston schüttelte seinen Kopf. „Nein", widersprach er, „der einzige Weg ihn glücklich zu machen, wäre ihm mein Geld auszuhändigen und das werde ich nicht tun."

„Er wird nicht aufhören", gab sie mit großen und wilden Augen zu bedenken.

Mr. Weston legte seine Hände auf ihre Schultern und blickte seine Nichte an. „Nein, ich glaube nicht, dass er das tun wird. Auch wenn das nicht deine Schuld ist, denke ich, dass es mehr um dich als mich geht. Er ist wütend, weil er abgewiesen wurde und er wird höchstwahrscheinlich etwas anderes versuchen."

Ich stimmte mit dem älteren Mann überein.

„Dann müssen wir an einen Ort gehen, wo er uns nicht erwischen kann."

„Ich bleibe hier, aber du wirst gehen."

Sie schüttelte ihren Kopf. „Nein, Onkel Allen, das kannst du nicht tun. Er ist gefährlich."

Er umfasste ihr Kinn, so dass sie in der Bewegung innehielt. „Für mich ist er das nicht. Er könnte dich geringstenfalls kompromittieren und was würde dann mit dir passieren? Du würdest mit dem verdammten Bastard verheiratet sein. Ich könnte nicht damit leben, wenn so etwas geschehen würde."

Olivia schürzte die Lippen, da sie die Antwort kannte. Genauso wie wir drei. Sie würde mit dem Bastard verheiratet sein und ein Leben lang Grausamkeiten ertragen müssen.

„Wenn er bereits darauf zurückgreift, das Haus in Brand zu setzen", fuhr er fort, „dann könnte er dir wirklich Schaden zufügen wollen."

„Wenn er das Geld will, könnte er…könnte er dich töten, um es zu erhalten." Angestaute Tränen sammelten sich in ihren Augen, wodurch sie im Mondlicht glitzerten.

„Er wird keinen Dime erhalten, das verspreche ich dir."

Ich blickte zu Simon, dann zu Cross. Beide Männer nickten.

„Sie wird mit uns zurück nach Bridgewater kommen. Dort wird ihr nichts geschehen", sagte ich, wodurch ich schwor, sie zu beschützen.

Mr. Weston sah über seine Schulter zu mir, dann zu den anderen Männern. „Ja, Bridgewater ist ein sicherer Ort für dich, Olivia."

„Du willst, dass ich einfach mit drei Männern gehe? Drei Fremden?" Sie wedelte mit ihrer Hand in unsere Richtung.

„Ihr guter Ruf eilt ihnen voraus. Ich kenne andere Männer von ihrer Ranch und ich würde ihnen mein Leben anvertrauen. Genauso wie deines. Sie sind ehrenhaft." Er sah mir direkt in die Augen. „Sie haben keine Ahnung, wie wichtig sie für mich ist."

„Wir werden sie beschützen", schwor ich.

„Behüten", fügte Cross hinzu.

Ein Pferd wieherte im Hintergrund, der Löschwagen der Feuerwehr wurde die Straße hinab und zurück zur Station gezogen. Da das Feuer gelöscht war, gab es nicht viel mehr, was sie tun konnten.

„Es gibt eine Bedingung." Er umfasste Olivias Schultern und drehte sie zu uns. Ihre Augen waren weit aufgerissen, ihr Körper verhüllt von der viel zu großen Robe. „Sie müssen sie heiraten."

„Was?", schrie sie und wirbelte herum, wobei die Robe um ihre Beine schwang. „Onkel Allen, vielleicht tun *sie* es ja wegen dem Geld!"

Sie wagte es nicht, uns anzusehen, da sie offensichtlich wusste, dass ihre Worte beleidigend waren. Wir nahmen es jedoch nicht persönlich, da wir wussten, dass sie gestresst und verängstigt war.

„Wir brauchen dein Geld nicht. Bridgewater wirft genug Ertrag für uns alle ab", erklärte ich ihr.

„Ja, aber Ehe, das ist nicht nötig – "

„Olivia. Hör auf." Die Worte ihres Onkels brachten Olivia zum Verstummen, aber ich erkannte, dass sie gerne noch weiter streiten wollte. Der Ton des Mannes war jedoch genug, um sie davon abzuhalten, noch weiter zu diskutieren. „Blitzschlag, erinnerst du dich?"

Sie biss auf ihre volle Unterlippe und nickte, woraufhin sie uns drei ansah. Ich hatte keine Ahnung, worauf sich ihr Onkel mit dem Blitzschlag bezog, aber Olivia schon.

„Aber…aber wie soll ich wählen?", fragte sie mit leiser Stimme, aber ich hörte sie dennoch mühelos. Genauso wie die anderen. Die Angst um ihre Sicherheit verflog allmählich, da wir wussten, dass uns dieser Mann seine Nichte anvertrauen würde. Er war ebenfalls ehrenhaft, da er erwartete, dass wir sie heirateten, bevor er sie mit uns gehen ließ. Auch wenn wir in der Gegenwart einer Maid alle existierenden Regeln für Gentleman ehrenhaft einhielten, würde ihre Tugend bei ihrer Rückkehr trotz unseres guten Benehmens ruiniert sein. Drei Junggesellen brachten nicht einfach eine unverheiratete Frau zu ihrer Ranch, egal aus welchen Gründen.

Mit dieser Bedingung konnte sich Mr. Weston ihrer Sicherheit sicher sein, Olivia würde wissen, dass unsere Absichten ehrenhaft waren und wir würden wissen, dass sie zu uns gehörte. Ich erkannte ebenfalls, dass er diese Forderung nicht nur wegen ihrer Ehre stellte. Wenn ihm etwas passierte, würde sie das gesamte Weston Vermögen erben. Aber wenn sie verheiratet war, würde es auf ihren Ehemann übergehen, was dafür sorgen würde, dass Peters nicht einen Dime erhalten würde. Es war der Weg eines Onkels, seine Nichte zu beschützen und ich musste ihm dafür Respekt zollen.

Wir hätten bei Mr. Westons Idee, Olivia zu heiraten, davonrennen sollen, aber sie war die Frau, die wir wollten. Ich sah kurz zu Simon, der am wenigsten Zeit mit ihr verbracht hatte, aber er nickte und zeigte so stumm, aber deutlich seine Absichten.

„Wählen?", fragte Weston. „Du musst nicht wählen."

5

LIVIA

EINE STUNDE später befanden wir uns im Haus von Onkel Allens engen Freunden Roger und Belinda Tannenbaum. Falls sie überrascht waren, uns mit drei muskulösen Männern im Schlepptau zu sehen, so zeigten sie es nicht. Als Onkel Allen verkündete, dass ich alle drei Männer heiraten würde, zuckten sie nicht einmal mit der Wimper, was ziemlich seltsam war. War das so, weil es so spät und sie noch nicht richtig wach waren? Das wagte ich zu bezweifeln, da sie bereits einen ihrer Diener losgeschickt hatten, um den Pfarrer zu holen. In diesem Moment begann ich in Panik zu geraten.

„Ich kann nicht drei Männer heiraten!", schrie ich, während ich zwischen dem beeindruckenden Trio im gemütlichen Wohnzimmer der Tannenbaums stand. „So etwas wird nicht gemacht."

„Eigentlich wird so etwas tatsächlich gemacht, Olivia", erwiderte Onkel Allen.

Ich runzelte verwirrt die Stirn. Hatte ich ihn richtig

verstanden? Hatte ich mir in der Eile, das brennende Haus zu verlassen, meinen Kopf gestoßen und erinnerte mich nicht daran?

Er stand auf und begab sich zu den Tannenbaums, die uns gegenüber auf einem breiten Sofa saßen und setzte sich zu ihnen, so dass Belinda zwischen den zwei Männern saß. Zu meiner Überraschung legte er seine Hand auf ihre. „Das hatte ich dir erzählen wollen, bevor der verdammte Stein durchs Fenster geworfen wurde." Er holte tief Luft und verkündete dann: „Belinda ist auch meine Frau."

Er sah zu der Frau, die ich mein ganzes Leben lang gekannt hatte, und schenkte ihr ein süßes Lächeln, dann wandte er sich wieder mir zu.

Ich starrte verwirrt auf ihre verbundenen Hände. „Wie kannst du mit…mit ihnen verheiratet sein? Du wohnst doch bei mir."

Ich konnte spüren, dass Mr. Rhys, Mr. Cross und Mr. McPherson das Gespräch verfolgten und sie schienen kein bisschen entsetzt über das zu sein, was mein Onkel mir gerade offenbart hatte. Es wirkte, als hätten sie es bereits gewusst.

Nickend fuhr Onkel Allen fort: „Das tue ich. Als deine Eltern starben und du zu mir kamst, um bei mir zu leben, warst du zu jung, um die Dynamik zwischen zwei Männern, die eine Frau heiraten, zu verstehen und außerdem wären die Leute in der Stadt nicht damit einverstanden gewesen. Es war wichtig, den Schein zu wahren und dir ein gutes Zuhause zu bieten. Dennoch sind Roger und ich beide mit Belinda verheiratet. Diese Nächte, in denen ich geschäftlich die Stadt verließ und Hattie bei dir blieb? Erinnerst du dich?"

Es fühlte sich an, als wäre mir ein Schleier von den Augen gezogen worden. „Du bist hierher gegangen, nicht wahr?"

„Ja. Sei bitte nicht wütend oder zumindest sei nicht sofort wütend auf mich. Denk ein wenig darüber nach. Es war eine lange Nacht. Diese drei Männer", er hob seine Hand und zeigte auf die Männer aus Bridgewater, „werden deine Ehemänner werden. Du hast bei zweien auf dem Tanz eine Verbindung gefühlt, manche nennen das Chemie. Es ist in Ordnung, sich zu mehr als einem Mann hingezogen zu fühlen, wie dir Belinda versichern kann. Wie ich bereits sagte, du musst dich nicht für einen von ihnen entscheiden. Du wirst alle drei haben."

Ich blickte zu den Männern. Sie waren alle so gut aussehend, so groß, so...atemberaubend, dass die Vorstellung, zu ihnen allen zu gehören, mich nur noch mehr in Panik versetzte. Ich erhob mich, schüttelte meinen Kopf und lief vor dem kalten Kamin hin und her. „Nein, nein das ist verrückt! Ich hätte es gewusst, ich hätte – "

„Olivia", sprach mich Belinda an, stand auf und kam zu mir. Sie war Ende vierzig und hatte helle Haare, die jetzt zum Schlafen zu einem einfachen Zopf geflochten waren. Sie hatte nach unserer überraschenden Ankunft ein sittsames Kleid angezogen und ich hatte sie noch nie so einfach gekleidet gesehen. Sie nahm meine Hände in ihre und drückte sie. „Ich liebe sie. Ich liebe sie beide. Ich *liebe* es, mit beiden verheiratet zu sein. Erinnerst du dich daran, was dein Onkel immer über den Mann, den du heiraten würdest, gesagt hat? Was ich dir immer gesagt habe?"

Sie stand so nah vor mir, dass ich das Blau ihrer Augen, den Ernst darin sehen konnte. Sie war immer freundlich zu mir gewesen, wie eine Ersatzmutter, und hatte sich in mein Leben eingebracht, so lange ich denken konnte. Obwohl sie nur ein Freund der Familie war, hatte sie mir all meine Fragen darüber, eine Frau zu werden, beantwortet. Auch wenn Onkel Allen immer für mich da gewesen war, ganz egal was ich benötigte, brauchte ein Mädchen manchmal eine Frau, der sie sich anvertrauen konnte. Sie lächelte sanft. „Was war es?", fragte sie noch einmal nach.

Ich befreite meine Hände und schlang sie um meine Taille, als ob ich mich dadurch zusammenhalten könnte. „Wenn ich den richtigen Mann finde, würde es sich anfühlen, als hätte mich der Blitz getroffen." Ich seufzte, dann blickte ich zu den drei Männern und ich spürte es wieder. Sie waren nicht so gekleidet, wie man es in Gesellschaft erwartete, aber keiner von uns sah momentan so aus. Sie trugen keine Jacken, nur Hemden und das von Cross war nicht in die Hose gesteckt, Rhys' Knöpfe waren nicht bis zum Hals geschlossen und Simons Ärmel waren nach oben gerollt und zeigten muskulöse Unterarme, die mit dunklen Haaren überzogen waren. Sie waren alle groß, ernst und gut aussehend. Ein blonder und zwei dunkelhaarige Männer, die vorhatten, mich zu heiraten. Die Vorstellung war berauschend und absolut furchteinflößend, da ich bis jetzt noch nie das ehrliche Interesse eines Mannes, geschweige denn von dreien, erlebt hatte.

„Ich spürte ihn, als ich deinen Onkel kennenlernte." Belindas Worte veranlassten mich dazu, mich wieder ihr zuzuwenden und ich sah die Liebe klar und deutlich in ihren Augen, in dem breiten Lächeln. „Und dann wieder, als ich Roger kennenlernte. Ich wollte sie beide und sie wollten mich."

„Aber das ist so...falsch." Ich bedeckte mein Gesicht mit den Händen und dann zog ich sie weg, als mir bewusstwurde, was ich gesagt hatte. Tränen rannen mir über die Wangen. „Oh, Belinda, es tut mir leid! Ich meinte nicht, dass deine Ehe falsch wäre – "

Sie hielt ihre Hände hoch, ein einfacher Goldring zierte ihren linken Ringfinger und ein ähnlicher den rechten. Ich hatte nie gewusst, wozu der Ring an ihrer rechten Hand war, bis jetzt. Sie hatte einen für jeden ihrer Ehemänner. „Es ist alles in Ordnung. Das ist überwältigend für dich. Es war eine schreckliche Nacht, aber sieh mal." Sie deutete mit ihrer Hand zu den drei Bridgewater Männern. „Sie sind für dich da."

„Ich...ich kenne sie nicht einmal", gab ich zu.

Ich fühlte mich jetzt noch schlimmer, weil mich die Männer ernst ansahen und zugleich schimmerte auch ein wenig Besorgnis in ihren Augen. Während ich mit einem nie gesprochen hatte, *waren* die anderen zwei allerdings bemerkenswert freundlich gewesen.

„Wie kannst du mich nur an Fremde *übergeben*?", fragte ich Onkel Allen, während ich mir die Tränen von den Wangen wischte.

„Du hast gesagt, dass du eine Verbindung, einen Funken bei ihnen verspürt hast, dass du besorgt wärst, weil du dich zu zwei Männern gleichzeitig hingezogen fühltest. Dein Kopf mag dir zwar einreden, dass es falsch ist, aber dein Herz wird dir immer die Wahrheit verraten."

Ich wagte einen weiteren Blick auf Mr. Rhys und Mr. Cross. Die Augenbrauen des Einen hoben sich, der andere lächelte breit.

„Stimmt das, Liebes, dass du dich zu mir und Cross hingezogen fühlst?", fragte Rhys. Ich bemerkte den Kosenamen, den er für mich verwendete, und es fühlte sich nicht so schmutzig an, wie es das getan hatte, als Mr. Peters mich 'Liebste' genannt hatte.

„Es ist völlig in Ordnung", sagte Belinda, sanft darauf drängend, meine Gefühle zu äußern.

Beruhigt von ihrem Lächeln nickte ich.

Daraufhin traten die drei Männer nach vorne. „Dürften wir ein wenig Zeit allein mit Olivia verbringen, bevor der Pfarrer kommt?", bat Cross Onkel Allen.

Er gab seine Zustimmung und erhob sich. Belinda umarmte mich kurz und ging dann die Hände ihrer zwei Ehemänner haltend davon. *Zwei Ehemänner!*

Ich fühlte mich unglaublich unwohl, wie ich so allein mit den drei Männern, Fremden, die mich heiraten würden, im Raum stand. Nicht einen, nicht zwei, sondern drei! Ich konnte sie nicht ansehen und hatte keine Ahnung, was ich sagen sollte, also starrte ich intensiv auf den orientalischen Teppich unter meinen Füßen und verknotete meine Hände vor mir.

„Komm her, Olivia", murmelte einer von ihnen. Ich sah hoch und erkannte, dass Cross mich angesprochen hatte. Er setzte sich auf das Sofa, wo mein Onkel gesessen hatte. „Bitte", fügte er hinzu.

Seine Stimme war ruhig, seine Augen sanft. Ich blickte zu den anderen zweien, die mir aufmunternd zunickten. Ich schluckte, weil sie mich um einiges überragten. Ich fühlte mich wie ein Zwerg neben ihnen und hätte mich vor ihrer dominanten Präsenz ducken sollen, aber stattdessen fühlte ich mich, als würden sie mich beschützen und die ganze Welt von mir abschirmen. Mr. Peters, das Feuer, sogar Onkel Allens überraschendes Geständnis.

Ich machte den letzten Schritt auf Cross zu, aber anstatt mir zu gestatten, mich neben ihn zu setzen, nahm er meine Hand und zog mich auf seinen Schoß.

„Oh!", schrie ich, als ich seine harten Schenkel unter meinem Hintern spürte. Seine Arme schlangen sich um mich und zogen mich an sich, so dass meine Wange an seiner Brust ruhte und ich von ihm eingehüllt wurde. Ich konnte seinen gleichmäßigen Herzschlag hören und sein sauberer Duft umgab mich. Das war das erste Mal, dass ich von einem Mann gehalten wurde und ich verspürte wieder den Blitzschlag. Cross war so warm und dennoch zitterte ich. Es fühlte sich zur gleichen Zeit so falsch und so richtig an.

„Mr. Cross, wir sollten nicht – "

„Wir sollten", unterbrach er mich. „Und mein Name ist einfach nur Cross."

Die anderen Männer kamen näher zu uns, Mr. Rhys setzte sich neben uns auf das Sofa und Mr. McPherson ging zu einem Schreibtischstuhl, den er direkt vor uns stellte. Sie umzingelten mich und es gab keine Fluchtmöglichkeit. Allerdings wirkten sie nach wie vor nicht bedrohlich und ich wollte mich wirklich nicht bewegen.

„Dieser Blitzschlag, erkläre das", verlangte Mr. Rhys.

Seine dunklen Augen beobachteten mich aufmerksam.

„Es ist ein Gefühl, das man verspürt, wenn man die richtige Person kennenlernt", antwortete ich. „Onkel Allen wollte sicherstellen, dass ich keine Kompromisse bezüglich des Mannes, den ich heiraten würde, schließe."

„Du hast ihn bei mir gefühlt?" Ich konnte Hoffnung in seinen Augen sehen. Beruhte das Gefühl etwa auf Gegenseitigkeit?

Ich nickte.

„Und bei mir?", fragte Mr. Cross – Cross. Sein Kinn ruhte leicht auf meinem Kopf.

Waren sie immer so direkt? Immer so offen über ihre Gefühle? Sollten nicht Männer diejenigen sein, die nie irgendwelche Emotionen mit einem teilten oder zeigten?

Ich verzog mein Gesicht und kniff meine Augen zu, da ich mich scheute, meine Gefühle laut auszusprechen. „Ja", hauchte ich schnell.

Ich wollte sie nicht anschauen, das Entsetzen oder Belustigung oder Abscheu auf ihren Gesichtern sehen, weil ich zugegeben hatte, dass ich Gefühle für zwei Männer hegte. Würden sie mich für leicht zu haben und unmoralisch halten?

„Und was ist mit mir, Mädel? Denkst du, du kannst auch für mich etwas empfinden?" Mr. McPhersons Worte wurden mit einem starken Akzent ausgesprochen, so dass ich sogar etwas Mühe hatte, ihn zu verstehen.

Ich spähte an Cross' Arm vorbei, um zu Mr. McPherson zu sehen. Das Aussehen des rauen Kriegers war verschwunden, des Mannes, der bereit war die Welt zu erobern und Drachen abzuschlachten, wenn es nötig wäre. Stattdessen war er jetzt ein Mann, dessen Mundwinkel nach oben gebogen war und in dessen Augen eine Frage stand. Er war der Größte der drei Männer, hatte dunkle Haare, die ein bisschen zu lang waren, einen kantigen Kiefer und eine stumpfe Nase mit einer leichten Krümmung. Er war auf wilde, raue Art gut aussehend, aber als er mich so liebevoll ansah, konnte ich erkennen, dass er auch sanft war.

Ich nahm auch die Sorge auf seinem Gesicht wahr, da diese Männer anscheinend alles gemeinsam machten, einschließlich einer Ehe, und wenn ich sie nicht alle mögen würde, wäre einer verloren, würde vielleicht hilflos und allein umhertreiben. Für Mr. McPherson stand viel auf dem Spiel. In diesem Moment erkannte ich, dass ich ihn vielleicht sogar mehr verletzen könnte als jemand so böses wie Mr. Peters.

„Ich kann das noch nicht sagen, da ich Sie nicht kenne."

„Dann werden wir das ändern", murmelte er.

„Ihr glaubt also nicht, dass etwas mit mir nicht stimmt? Ich bin nicht lüstern", verkündete ich forsch.

Simons Blick senkte sich auf meine Lippen und wanderte dann über meinen Körper. „Nein, Mädel, wir denken nicht, dass mit dir etwas nicht stimmt."

Cross bewegte mich in seinen Armen so, dass mein Kopf an seinem Arm ruhte und er sah auf mich hinab. „Du kannst für uns jederzeit lüstern sein, wenn du willst", bot er an, dann sagte er mit ernsterer Stimme: „Ich habe es auch gespürt, Olivia, als wir getanzt haben und dich jetzt in meinen Armen zu halten..."

Ich sah etwas in seinen Augen aufblitzen, hell und heiß, bevor er auf meinen Mund schaute. „Ich werde dich jetzt küssen."

Er gab mir keine Zeit, um nachzudenken oder es ihm zu verweigern oder mich aus seinen Armen zu befreien, bevor er seinen Mund auf meinen senkte. Seine Lippen waren warm und weich und sanft, als sie über meine strichen, als ob er jede Kurve meiner Unterlippe und meine Mundwinkel erkunden würde. Mir war plötzlich ganz heiß und ich war ziemlich froh, dass er mich so fest hielt, da ich ansonsten von seinem Schoß und auf den Boden gerutscht wäre.

Zu meiner Überraschung hatten sich meine Augen geschlossen und ich musste sie öffnen, um ihn anzusehen, den ersten Mann, der mich geküsst hatte. Da sah ich, dass er lächelte. „Wieder", murmelte er und dann küsste er mich ein weiteres Mal, dieses Mal inniger, was mir ein überraschtes

Keuchen entlockte und er nutzte diesen Vorteil, um seine Zunge in meinen Mund zu schieben.

Seine Zunge!

Die Vorstellung war verblüffend und dennoch fühlte sich Lust höchstwahrscheinlich genau so an. Zögernd berührte ich seine Zunge mit meiner und jetzt war es Cross, der stöhnte. Der Laut brachte mein Herz zum Rasen und weckte ein Triumphgefühl in mir, weil ich ihn tatsächlich mit einem einfachen Kuss befriedigen konnte.

„Teile", grummelte Rhys.

Ich spürte Cross Lächeln an meinen Lippen, bevor er sich von mir löste und mich in seinen Armen aufrichtete. „Ah, anscheinend bin ich nicht der Einzige, der dich küssen möchte, Liebes."

Ich wusste, dass meine Wangen knallrot waren, denn es war eine Sache für eine Frau, ihren ersten Kuss zu erhalten, aber es war eine völlig andere Sache, es zu tun, während zwei andere Männer zusahen. Ich war so verzaubert gewesen, dass ich völlig vergessen hatte, dass sie auch hier waren.

Sollte ich jetzt einfach aufstehen und zu dem nächsten Mann gehen? Es kam mir seltsam und sehr dreist vor, so etwas zu tun. Bevor ich beschließen konnte, was ich tun sollte, zog mich Rhys aus Cross' Armen und auf seinen Schoß. Er grinste mich an, der Blick war zur gleichen Zeit verschmitzt und freundlich. „Ich will dich bereits küssen, seit ich dich auf dem Tanz gesehen habe."

Ich runzelte die Stirn. „Ich dachte...ich dachte, du wärst sauer auf mich, weil ich deine Ehre in Frage gestellt hatte."

„Wir haben einen höheren Standard als den, den du gewöhnt bist, aber nein, ich war nicht sauer."

„Dann bist du also gewillt, eine Frau zu heiraten, nur weil du sie küssen möchtest?"

Er strich mit seinen Knöcheln über meine Wange. „Ich will mehr tun, als dich küssen."

Ich hatte eine vage Vorstellung, was er damit meinte und ich war zu gleichen Teilen erfreut und verängstigt.

„Es ist so, wie du es erzählt hast, Liebes. Ich wusste es einfach."

„Wirklich?", fragte ich überrascht. Er hatte so gleichgültig gewirkt, als der Tanz geendet hatte. Dann fiel mir seine nachdrückliche Forderung ein, dass ich versprechen sollte, ihn um Hilfe zu bitten, wenn ich sie bräuchte, und ich fühlte mich besser.

Er senkte seinen Kopf und antwortete: „Wirklich." Ich konnte das Wort an meiner Lippe spüren und dann nur noch den köstlichen Druck seines Mundes auf meinem. Bis auf die Tatsache, dass seine Lippen auf meinen lagen, waren die zwei Küsse völlig unterschiedlich. Wohingegen Cross lockte und spielte, forschte und eroberte Rhys. Er bewegte seine Lippen auf meinen und schob seine Zunge in meinen Mund, als ob er mich zum Atmen bräuchte, als ob er alles in diesen Kuss legen würde. Meine Hände vergruben sich in seinen Haaren, was sich anfühlte, als würde Seide durch meine Finger gleiten. Er schmeckte nach Pfefferminz und ganz anders als Cross. Sogar sein Duft war anders. Meine Haut kribbelte an meinem Kinn, wo mich seine Bartstoppeln gekratzt hatten.

„Fühlt es sich an, als wären wir Fremde, Liebes?", fragte er, wobei er mit seiner Nase an meiner rieb.

Ich legte meine Hände auf meine Lippen. Sie fühlten sich geschwollen und feucht und heiß an.

„Es fühlt sich an, als ob du zu mir gehörst. Zu uns. Du bist die Unsere."

Mein Körper...es fühlte sich an, als ob, als ob...ich konnte es nicht erklären. Ich fühlte mich...heiß und entspannt und angespannt und verzweifelt und erregt und verwirrt und so viele andere Dinge gleichzeitig. Unter all diesem Gefühlschaos fühlte ich mich allerdings...Zuhause. Es war, als ob mir diese Männer zur gleichen Zeit bekannt und dennoch völlig fremd wären. Es war ziemlich seltsam und ich verstand es nicht und da ich, wenn ich nervös oder überwältigt war, zum Plappern neigte, hielt ich es für das Beste zu schweigen.

„Du wirst drei Ehemänner haben, Mädel, nicht nur zwei", murmelte Simon, der am leidenschaftlichsten wirkte, mir seine Hand entgegenstreckte und geduldig wartend dasaß. Seine dunkle Hose spannte sich straff über seinen muskulösen Schenkeln und sein Hemd – das eng an seinen breiten Schultern saß – zeigte nur, wie breit, wie groß, wie verlockend er war. Er überließ mir die Entscheidung, wann und ob ich als nächstes zu ihm kommen wollte.

Das Zimmer war ruhig, nur das Ticken der Uhr auf dem Kaminsims und mein leises Keuchen durchbrachen die Stille. Ich hatte keine Ahnung, wohin mein Onkel und seine...Familie gegangen waren. Ich begegnete Simons dunklen Augen, suchte nach etwas, irgendetwas, das darauf hinwies, dass er mich schlecht behandeln würde, dass er über weniger Ehre oder Anstand als die anderen verfügte.

Ich musste darauf vertrauten, dass diese Gefühle, die ich hegte, ein korrekter Hinweis darauf waren, dass diese Männer – *Männer* – die Richtigen für mich waren. Ich hatte mein ganzes Leben lang darauf gewartet und jetzt, da es passiert war, war ich mir unsicher. Ich musste einfach darauf vertrauen und Simon, Cross und Rhys erging es schließlich nicht anders. Allerdings waren sie sich sicher, so sicher in Bezug auf diese Verbindung, obwohl ich nicht mehr als eine Fremde für sie war.

Ich kletterte von Rhys Schoß und legte meine Hand in Simons. Legte meinen Glauben, mein Vertrauen und hoffentlich auch mein Herz in seine Hände. In die Hände aller drei Männer.

6

Simon

IN DEM MOMENT, in dem sie mich mit diesen eisblauen Augen ansah, in denen eine solche Nervosität, Angst und Hoffnung lagen, wusste ich, dass Rhys und Cross recht hatten. Sie war die Eine für uns. Zu sagen, sie wäre wunderschön, wäre eine Untertreibung. Das dunkle Haar und die hellen Augen ergaben eine umwerfende Kombination. Auch wenn sie vom Hals abwärts in die schwere und unvorteilhafte Robe ihres Onkels gehüllt war, hatte ich einen kurzen Blick auf ihr dünnes Nachtgewand erhascht und ihre weibliche Gestalt gesehen. Sie war so klein, dass ich im Vergleich wie ein Riese wirkte und ich würde mich schrecklich fühlen, wenn ich sie auch nur mit der leichtesten Berührung verletzte. Wie sollte sie nur drei Männer aushalten, deren sexuelle Bedürfnisse so groß waren, dass wir fast ständig Gebrauch von ihrem Körper machen würden? Sie würde es lieben, dafür würden wir sorgen, aber allein sie anzusehen, ließ meinen Schwanz hart werden und schmerzhaft gegen meine Hose drücken.

Ihre Keuschheit stand nicht zur Debatte, die Frau war

Jungfrau und noch dazu eine sehr unschuldige. Ich würde eine Flasche des besten schottischen Whiskeys darauf verwetten, dass sie gerade ihren ersten Kuss erhalten und den ersten Kontakt mit einem Mann gehabt hatte. Mit Männern. Jetzt wusste ich, warum meine Brüder – auch wenn unsere Bruderschaft nicht durch gemeinsames Blut begründet war, waren wir dennoch Brüder – im Saloon so unnachgiebig auf ihr beharrt hatten. Ich hätte genauso reagiert. Ihr würde nie wieder Schaden zugefügt werden, nicht solange ich am Leben war. Und wenn ich starb, während ich sie beschützte, wusste ich, dass Rhys und Cross für sie da sein würden. So wollte es der Brauch in Mohamir und wir respektierten diese Sitte so sehr, dass wir sie selbst leben wollten. Bis jetzt war das allerdings nur ein Traum gewesen.

Nun lag Olivias Hand in meiner und ich wusste, dass sie mehr anbot, als eine einfache Berührung. Sie gab mir Dinge, von denen sie nicht einmal wusste, dass wir sie nehmen würden. Damit ging Vertrauen einher und ich würde das auf keinen Fall enttäuschen. Anstatt sie, wie die anderen zwei, auf meinen Schoß zu setzen, zog ich sie zwischen meine Beine, so dass sie direkt vor mir stand, und legte ihre Hand auf meine Brust. Ich wollte, dass sie sich bei mir, einem völlig Fremden, wohl fühlte.

Während ich ihr in die Augen sah, wanderten meine Hände zu ihrer Taille und umfassten sie vollständig, meine Daumen berührten sich an der Vorderseite, meine Finger an ihrer Wirbelsäule. Ihr Atem entkam ihr stoßweise und ihre Augen weiteten sich.

„Vielleicht war die Reihenfolge ein bisschen durcheinander, aber da ich dein Ehemann sein werde, sollte ich mich vorstellen. Ich bin Simon Angus McPherson aus dem Klan der McPhersons, obwohl ich in diesen Tagen auf Bridgewater lebe. Ich mag als kleiner Kerl zwar in den Highlands aufgewachsen sein, aber ich gehöre hierher ins Territorium."

Ich hörte den Türklopfer an der Eingangstür und Olivias Körper spannte sich unter meinen Händen an. „Na, Mädel, das ist doch nur der Pfarrer."

Sie runzelte ihre Stirn. „Denkst du nicht, dass ich zu einer Zeit wie dieser wegen eines Pfarrers nervös sein sollte?"

Ich konnte nicht anders, als darüber zu lachen, wie keck sie war. „Es ist doch eigentlich der Mann, der sich vor den Diensten des Pfarrer fürchtet, nicht die Dame. Mach dir keine Sorgen, der Mann wird nur deinen Namen ändern, den Rest", ich hielt inne, strich ihr die Haare aus dem Gesicht und umfasste dann ihren Nacken mit meiner Hand, „werden wir mit der Zeit ändern. Wir vier. Gemeinsam."

Sie musterte mich eindringlich, als ob sie meine Worte auf ihren Wahrheitsgehalt überprüfen wollte. „Der Pfarrer wird sicherlich keine Frau mit drei Männern verheiraten. Die Akzeptanz solcher Sitten hat bestimmt nur eine kleine Reichweite."

Ich nickte ihr kurz zu. „Ja." Ich blickte über ihre Schulter zu Rhys und Cross, die entspannt auf dem Sofa saßen, zur gleichen Zeit aufmerksam und wachsam. „Du wirst mich heiraten, damit es rechtsgültig ist, aber das ist nur Papier, Mädel."

Stimmen drangen von der Eingangstür zu uns und Olivia wollte zurücktreten, also erlaubte ich es.

„Das passiert so schnell. Es ist überwältigend. Alles. Ich bin – "

Ich zog sie zurück in meinen Griff und dieses Mal ließ ich meine Hände beruhigend über ihren Rücken hoch und runter wandern. „Dir geht's gut. Dein Onkel ist zufrieden, da seine einzige Sorge deine Sicherheit ist und er hat deinen Schutz in unsere Hände gelegt. Denkst du, wir würden zulassen, dass dir irgendetwas geschieht?" Ich gestikulierte zu Rhys und Cross und zu mir selbst. „Du bist jetzt das Zentrum unserer Welt, weißt du."

Die Tannenbaums traten gemeinsam mit dem Pfarrer in

das Zimmer. Olivia löste sich aus meinem Griff und holte tief Luft. Der Mann Gottes war in seinen Fünfzigern und trug seinen weißen Kragen zusammen mit einer dunklen Hose, weißem Hemd und langer Robe. Offensichtlich war er mit großer Eile aufgeweckt und aus seinem Bett geworfen worden, aber sein Lächeln war selbst zu solch später Stunde freundlich. Es war leicht, alles zu vergessen, wenn meine Hände Olivia hielten, aber der Grund für die übereilten Eheschwüre würde nicht verschwinden, wenn die Sonne aufging. Wir mussten Olivia aus Helena schaffen und weit weg von dem verdammten Bastard Peters.

„…freue mich so sehr, dass Sie zu so einer späten Stunde kommen konnten, vor allem nach dem Tanz. Erinnern Sie sich an meine Nichte?" Weston sprach mit dem Pfarrer, als er in den Raum trat. Wir standen bei ihrem Eintreten auf und Olivia wurde in ein Gespräch mit den zweien über eine Wohltätigkeitsveranstaltung verwickelt, die später in diesem Monat stattfinden würde.

Die Tannenbaums standen an der Seite, aber schienen keineswegs über den ungewöhnlichen Abend aufgebracht zu sein, obwohl ihre Kleidung, die aus ihren Nachtgewändern bestand, eine Erinnerung daran war. Vielleicht waren sie so entspannt, weil ihr Geheimnis endlich gelüftet worden war.

„Ich freue mich sehr, für eine Hochzeit aufgeweckt worden zu sein. Meistens geschieht das nur, weil jemand des Nachts gestorben ist und das ist eine solch traurige Angelegenheit. Dieser Grund ist allerdings sehr gut, vor allem für dich Olivia. Jetzt also, wer ist denn dein glücklicher Bräutigam?"

„Das bin ich." Ich stellte mich neben Olivia und legte meine Hand auf ihre Schulter, nicht nur zur Beruhigung, sondern auch um zu verhindern, dass sie einfach davonrannte, falls sie ihre Meinung änderte. „Simon McPherson."

Ich schüttelte die Hand des Pfarrers, während er mich musterte. Falls er irgendwelche Bedenken hegte, so behielt er sie für sich. Vielleicht kannte er Weston gut genug, um zu wissen, dass er seine Nichte nicht einfach mit jedem verheiraten würde.

Der Pfarrer räusperte sich mit leichtem Unbehagen. „Dein Onkel hat mir eine kurze Zusammenfassung der Ereignisse der heutigen Nacht gegeben, weshalb ich nicht die üblichen Fragen nach dem Grund für diese übereilte Hochzeit stellen muss."

Olivia reckte ihr Kinn empor und ich sah, dass ihre Wangen knallrot anliefen. Die Farbe kroch über ihren Hals und unter ihre Robe und ich fragte mich, wie weit sie wohl noch wandern würde.

„Können wir bitte beginnen, Sir, da ich meine Braut endlich küssen möchte und ich würde das gerne zum allerersten Mal tun, wenn sie meine Frau ist."

Der Pfarrer hielt die Zeremonie glücklicherweise kurz und stellte nur die nötigsten Fragen, bevor er uns zu Mann und Frau erklärte. Cross und Rhys hatten zu meiner Rechten gestanden, während Weston neben Olivia stand, aber ich vergaß sie alle, als ich ihr Kinn umfasste und meinen Kopf senkte, um sie zu küssen. Diese Frau, sie war meine Ehefrau. Sie war vor den Augen Gottes und ihres Onkels zu der Meinen erklärt worden und niemand konnte das ändern. Der Gedanke erfüllte mich mit Stolz und Lust. Ihre Lippen waren weich und zögernd, dennoch waren ihre Augen verschleiert mit Erregung, als ich mich von dem sehr kurzen, sehr keuschen Kuss löste. Das befriedigte mich ungemein. Weil ich sie nicht über meine Schulter werfen und zum nächsten leeren Zimmer tragen konnte, damit wir drei über sie herfallen konnten, spannte sich mein Kiefer an. Olivias Augen weiteten sich bei meiner veränderten Haltung, aber ich streichelte mit meinem Daumen über ihre seidige Wange in der Hoffnung, sie zu beruhigen und meine Sehnsucht, sie zu berühren, zu lindern.

Zu hören, wie Weston dem Pfarrer dankte, riss mich aus meiner Träumerei. Ich wandte mich dem Mann zu und dankte ihm für seine Dienste und Roger Tannenbaum führte ihn aus dem Haus, wodurch er ihm höchstwahrscheinlich endlich erlaubte, in sein Bett zurückzukehren.

„Dürfen wir bitte bis zum Morgen hierbleiben, anstatt ins Hotel zurückzukehren?", fragte Cross. „Ich glaube, Olivia würde sich damit wohler fühlen."

Belinda Tannenbaum lächelte. „Natürlich. Ich habe veranlasst, dass ein Bad im blauen Gästezimmer eingelassen wird. Die Treppe hoch und den Flur hinab zur Rechten. Olivia, du kennst den Weg."

7

LIVIA

Weil ich das Haus kannte – ich hatte es mein Leben lang regelmäßig besucht und jetzt kannte ich den wahren Grund dafür – führte ich meine Ehemänner zu dem Schlafzimmer, in dem sie meine Kleidung ausziehen und meine Jungfräulichkeit nehmen würden. Wie *drei* Männer das machen würden, wusste ich nicht, aber diejenige zu sein, die sie freiwillig zu ihrer eigenen Entjungferung führte, machte mich sehr nervös. Nervös? Nein, das war nicht akkurat. Starr vor Angst, beschämt, besorgt. Was, wenn sie mich für ungenügend erachteten? Was, wenn ich nicht gut in, was auch immer ich tun sollte, war? Wie konnte ich sie befriedigen, wenn ich doch wusste, dass ich nicht gut sein würde in…was auch immer? Wie sollte ich sie glücklich machen, wenn ich absolut keine Ahnung hatte – ?

„Atme, Mädel", murmelte Simon und stoppte kurz vor mir, bevor er durch die Tür schritt, die ich geöffnet hatte. „Das ist keine Hinrichtung."

Auch wenn ich wusste, dass er nur versuchte, die Situation

aufzulockern, half es nicht. Tatsächlich führte es nur dazu, dass ich in Tränen ausbrach.

Ich bedeckte mein Gesicht mit den Händen und konnte nicht aufhören zu weinen.

Ich hörte, wie einer der Männer fluchte und die Tür leise schloss. Dann wurde ich in jemandes Arme gehoben und durch den Raum getragen. Anschließend setzte er sich hin und ich wurde festgehalten, während Hände über meinen Körper streichelten. Die Hände mussten zu mehr als einem Mann gehören, da ich sanfte Berührungen an meinen Beinen, Seite, sogar auf meinen Haaren spürte, während ich die ganze Zeit sicher in einer engen Umarmung festgehalten wurde.

„Schh, es ist alles in Ordnung, Liebes, du hattest einen harten Tag." Rhys. Ich erkannte seine Stimme.

„Ja, du warst sehr tapfer." Simons starker Akzent.

„Du bist bei uns in Sicherheit. Alles wird jetzt besser werden." Cross. Seine Worte änderten meine Emotionen schnell von traurig und überwältigt zu wütend. Ich hob meinen Kopf und drehte ihn zu seiner Stimme. Ich wurde von Simons Armen gehalten, während Cross und Rhys vor mir in die Hocke gegangen waren. Besorgnis zeigte sich deutlich in ihren Augen, aber es war mir egal.

„Ich bin in Sicherheit bei euch?", attackierte ich die drei Männer, die jetzt meine verbalen Opfer waren. „Ich soll mich dir oder dir oder...oder dir hingeben und ich habe keine Ahnung, was ich da tun soll? Wie soll ich *drei* Männer befriedigen? Und besser? Woher willst du wissen, ob die Dinge besser sein werden? Jemand hat mein Haus in Brand gesteckt und du denkst, nur weil wir verheiratet sind, ist alles besser?"

Zwei Paar Augenbrauen schossen vor mir in die Höhe, eines dunkel, das andere hell, überrascht von meinem wütenden Tonfall und meinem Wortschwall.

„Die Dinge werden besser sein, weil du jetzt uns hast, die dich vor Leuten wie Peters beschützen. Morgen Früh werden wir dich nach Bridgewater bringen, wo du in Sicherheit sein wirst." In Rhys Worten schwang absolute Sicherheit mit. „Es wird das Problem mit dem Mann nicht in Luft auflösen, aber es wird deine Verwicklung darin beenden. Du musst dir nicht länger Sorgen machen, da sich dein Onkel um Peters kümmern wird und wir werden ihm helfen, wenn es nötig ist. Ich weiß, er ist ein kluger Mann, da er dich uns übergeben hat, meinst du nicht?"

Ich öffnete meinen Mund, um zu sprechen, aber Cross legte einen Finger auf meine Lippen. „Wie du drei Männer befriedigst? Vertrau mir, Liebes, das hast du bereits getan, indem du uns geheiratet hast. Was den Rest betrifft, so ist es unsere Aufgabe, dich alles zu lehren." Er tippte mir einmal auf die Lippen und zog dann seine Hand weg.

„Du kannst nichts falsch machen", fügte Simon hinzu und fuhr mit seinen Daumen über die Tränenspuren auf meinen Wangen.

Seine sanfte Berührung wischte ebenfalls meinen Zorn weg.

„Ich kann etwas nicht richtig machen, wenn ich nicht weiß, was ich tun soll", entgegnete ich schniefend.

„Hast du Angst?"

Ich blickte ihn entrüstet an. „Wie könnte ich keine haben?"

Die Männer sahen sich über meinen Kopf hinweg an und es wirkte, als würden sie ohne Worte miteinander sprechen.

„Wir werden dich heute Nacht nicht nehmen, Olivia, da du müde bist und du musst für das, was wir im Sinn haben, ausgeruht sein", erklärte mir Cross. „Außerdem wird es schwer für dich werden, leise zu sein und ich möchte Privatsphäre, wenn wir dich nehmen."

„Warum werde ich laut sein?" Obwohl ich versuchte, ruhig zu klingen, konnte ich die Panik in meinen Worten hören. „Ihr werdet mir nicht wehtun, oder?"

Rhys lächelte. „Nein, wir werden das Gegenteil tun. Es wird sich so gut anfühlen, dass du nicht anders können wirst, als laut zu werden."

„Du wirst schreien, Mädel", beendete Simon ihre Ausführungen.

Ich war mir dessen nicht so sicher, aber ich glaubte ihnen, wenn sie sagten, dass sie meine Jungfräulichkeit nicht heute Nacht nehmen würden und das beruhigte mich, so dass ich mich in Simons Armen entspannte.

„Das bedeutet jedoch nicht, dass wir dich nicht berühren werden", verkündete Cross.

„Was?", fragte ich überrascht. Simon hob mich mit seinen Händen an meiner Taille hoch, damit ich wieder vor ihm stand. Mit seinen Händen auf dem Band, das die Robe meines Onkels zusammenhielt, löste er die Schleife. Hände an meinen Schultern zogen das Kleidungsstück nach unten über meine Arme und dann vollständig von mir.

„Du hattest einen anstrengenden Tag und es ist an der Zeit, dass sich deine Männer um dich kümmern. Das Einzige, was du tun musst, Liebes, ist zu fühlen", erklärte Rhys mit leiser und sanfter Stimme.

„Es ist unsere Aufgabe, dafür zu sorgen, dass du dich gut fühlst. Lass uns dir zeigen, wie wir das tun können", fügte Cross hinzu.

„Vertrau uns, Mädel", ergänzte Simon.

Ihre Hände lagen auf mir, wanderten über meine Schultern, die noch von meiner Robe und Nachthemd bedeckt waren, meine Arme hinab, über meine Taille und Hüften, über die Außenseite meiner Beine. Drei Paar Hände konnten zur selben Zeit ziemlich viele Stellen meines Körpers bedecken. Ihre Berührungen waren zärtlich, sanft. Leicht und entspannt. Beruhigend. Überall, wo sie mich liebkosten, kribbelte meine Haut und erwachte zum Leben, obwohl der Baumwollstoff meiner Schlafkleidung zwischen ihren Händen und meiner Haut lag.

„Oh", murmelte ich überrascht von...von allem. „Aber... aber ich stinke nach Rauch."

Meine Augen schlossen sich von selbst und ich konnte

mühelos tun, worum sie baten, da es sich so gut anfühlte. Wie sie mich nach einem Weinkrampf und einem Wutausbruch beruhigen konnten, war beeindruckend und ich lernte meine erste einfache Lektion. Ich sollte sie nicht unterschätzen, denn wenn sie sich etwas in den Kopf gesetzt hatten, dann schienen sie das auch ziemlich gut durchzuziehen.

Ich wusste nicht, wie lange ich dastand, während sie mich berührten, aber die Zeit verlor jegliche Bedeutung. Ich konzentrierte mich auf den festen Druck ihrer Hände, das Streicheln ihrer Finger, den Klang ihres Atems, sogar auf die Mischung ihrer Düfte.

Ihre Berührungen konzentrierten sich hauptsächlich auf die Körperstellen, die berührt werden konnten, ohne unsittlich zu sein. Aber ab und zu glitt eine Hand an meiner Hüfte vorbei, um über meinen Hintern zu streichen oder ein Daumen bewegte sich nach oben, um die Unterseite meiner Brust zu liebkosen. Meine Augen weiteten sich bei diesem Kontakt überrascht. Aber erst Simons Gesichtsausdruck zu meiner Reaktion ließ mich aufkeuchen. Seine Augen waren so dunkel, dass sie schon fast schwarz wirkten, seine Wangen leuchteten rot und er sah mich an, als ob...als ob er ein Wolf wäre und ich das sehr unschuldige kleine Lamm. Vielleicht stimmte das auch.

Dieses Mal, als Simons Daumen über meine Brüste wanderten, hielten sie nicht an der Unterseite an, sondern glitten nach oben, um über meine Nippel zu streichen, die sich zu festen kleinen Spitzen aufrichteten. Zweifellos konnten alle drei Männer sehen, wie sie gegen den Baumwollstoff meiner Robe drückten. Seine großen Hände verharrten ruhig und umfassten meine Brüste, als ob er sie befühlen, ihr Gewicht testen und ihre Wölbung kennenlernen würde.

„Simon", hauchte ich und hielt seinen Blick, während er anfing, meine Brüste sanft zu kneten, wobei seine Finger an den festen Spitzen zupften.

Ich erinnerte mich nicht daran, wann oder dass es passiert

war, aber irgendwie war mir meine Robe ausgezogen worden und ich stand nur in meinem Nachthemd vor ihnen. Simons Hände waren warm, sogar durch die dünne Stoffschicht, die meine Haut von seiner trennte. Aus dem Augenwinkel sah ich, dass sich Cross zu mir beugte, meinen Hals küsste und sich dann nach unten arbeitete, bis er an meiner Schulter angelangte.

„Oh!", keuchte ich wieder. Ich hatte keine Ahnung gehabt, dass meinem Körper solche Empfindungen entlockt werden konnten. Denn während ich an meinen Nippeln das heiße Vergnügen von Simons spielenden Fingern spürte, fühlte sich die Stelle zwischen meinen Beinen irgendwie geschwollen und schmerzend an und meine Mitte zog sich voller Verlangen zusammen. Ja, Verlangen.

Seine Lippen zogen den schmalen Träger über meine Schulter, um ihn meinen Arm hinabgleiten zu lassen, während die kühle Luft im Zimmer auf der entblößten Haut eine Gänsehaut entstehen ließ. Cross` Mund verwöhnte weiterhin meine Schulter und Hals, während seine Hand über meine Hüfte glitt. Rhys war auch nicht untätig, da er, sobald das Nachthemd von einer Schulter fiel, auch den zweiten Träger von meiner anderen Schulter schob, so dass das Kleidungsstück nur noch von Simons Händen, die meine Brüste umfassten, an meinem Körper gehalten wurde.

Ich legte meine Hände über Simons, um ihn davon abzuhalten, den Stoff fallen zu lassen, da ich darunter nackt war. Er grinste.

„Gefällt es dir, wenn ich mit deinen Brüsten spiele?", fragte er.

Cross und Rhys hoben beide eine Hand, zogen meine sanft weg und zurück an meine Seite.

Auch wenn ihr Griff nicht fest war, so waren sie doch beharrlich. Simon hielt meinen Blick, während er seine Hände zurückzog und das Nachthemd mit dem leisesten Flüstern zu Boden und um meine Füße glitt.

Die Männer erstarrten, ihre Blicke hefteten sich auf meinen Körper, denn sie konnten jetzt *alles* sehen. Da sie meine Handgelenke festhielten, fühlte ich mich ziemlich machtlos. Ich schloss meine Augen, schloss sie aus, aber ich konnte *spüren*, wie sie mich ansahen.

Wunderschön. Umwerfend. Perfekt. Haut so hell, dass ich kleine Venen wie Flüsse darauf sehen kann. Ihre Nippel sind korallenrot, nicht rosa. Nein, dort ist sie nicht rosa, aber dort unter diesen dunklen Haaren sind ihre Schamlippen rosa.

Bei diesen letzten Worten öffneten sich meine Augen sofort und ich zog an meinen Händen, damit ich mich bedecken konnte. Ich war mir nicht ganz sicher, was Schamlippen waren, aber ich hatte einen starken Verdacht.

„Nein, Mädel", befahl Simon mit leichtem Kopfschütteln. „Versteck dich nicht."

„Ich...ich schäme mich", gestand ich. „Ich stinke bestimmt stark nach dem Feuer."

„Ja, aber wir werden dich baden. Später. Zuerst", Cross ließ meinen Arm los und öffnete die Knöpfe seines Hemdes, „werde ich ebenfalls mein Hemd ausziehen."

Rhys und Simon folgten seinem Beispiel und schon bald waren sie alle bis zur Taille nackt.

„Ich bin vollständig nackt und ihr nicht", beschwerte ich mich, während mein Blick über die sehr kräftigen Oberkörper der Männer glitt. Simon hatte dort die meisten Haare, ein dichter, weicher und lockiger Flaum zwischen seinen Nippeln, der bis zu seinem Bauch ein V formte und dann als schmale Linie in seiner Hose verschwand. Sein Bauch war flach und unter seiner gebräunten Haut waren Muskeln sichtbar. Rhys war der Dunkelste der drei, seine Hautfarbe war eher olivfarben. Er hatte auch dunkle Haare, aber nur einen leichten Flaum auf seinem Oberkörper, dann nichts, dafür hatte er aber ausgeprägte Muskeln. Cross hatte überhaupt keine Haare auf der Brust, nur flache rosa Nippel und endlos glatte Haut.

Ich hatte nicht gewusst, dass Männer ohne ihre Hemden so aussahen. Meine Güte. Es juckte mich in den Fingern, sie auszustrecken und zu fühlen, wie glatt ihre Haut war, ob die Haare dort weich waren, und ich wollte all diese harten Muskeln berühren. Dies waren keine Männer, die auf der faulen Haut lagen. Sie arbeiteten und sie arbeiteten hart und das zeigte sich.

„Liebes", gab Rhys zu, „das Einzige, was uns heute Nacht davon abhalten wird, dich sofort zu erobern, sind unsere angezogenen Hosen. Ich verspreche – "

„Wir alle versprechen", warf Simon ein.

„ – dass uns Morgen, wenn wir zu Hause in Bridgewater sind, nichts davon abhalten wird, dir unsere Schwänze zu zeigen, dich mit ihnen zu befriedigen und dich zu der Unseren zu machen."

„Fürs Erste allerdings", fügte Cross hinzu, „werden wir dich befriedigen."

Mir gefiel die Idee, aber die Umsetzung war der verwirrende Teil. „Wie – "

Ich begann eine Frage zu stellen, aber Simon beugte sich nach vorne und nahm meinen mittlerweile harten Nippel in seinen Mund, woraufhin meine Worte verstummten und mir ein Keuchen entwich. Oh meine Güte! Simons Zunge wirbelte über die Spitze und ich schrie auf. Männer berührten einen dort mit ihren Mündern? Es war so wunderbar falsch, aber ich wollte nicht, dass er aufhörte. Ganz im Gegenteil ich brauchte es, dass er weitermachte. Vielleicht hatte ich diesen Gedanken laut ausgesprochen, denn seine Hand wanderte nach oben, um meine sehr einsame andere Brust zu umfassen und deren aufgerichtete Spitze zu drehen und zu ziehen.

Das war anscheinend nur der Anfang, da ich spürte, wie eine Hand über die Erhebungen meiner Wirbelsäule nach unten glitt und über meinen Hintern, diesen einmal umfasste und wieder nach oben wanderte. Eine andere Hand streichelte über meinen Bauch und weiter nach unten, um durch die

Locken zu gleiten, die meine Weiblichkeit bedeckten. Für einen kurzen Moment spannte ich meine Hände an und wollte ihre wegschieben, aber dann tat ich es doch nicht. Ich tat es ganz und gar nicht. Denn die leichten Berührungen strichen über meine erhitzte Haut und ich stöhnte. Es war ein tiefes Stöhnen, das meinen Körper erschütterte.

„Das ist das süßeste Geräusch, das ich jemals gehört habe", meinte Rhys mit tiefer und rauer Stimme.

„Sie ist so feucht", murmelte Cross. Das stimmte, ich war dort unten irgendwie schlüpfrig und so wie sich seine Finger dort bewegten, konnte ich es sogar hören. Das war eine weitere Berührung in einer langen Reihe unanständiger Liebkosungen, die mich zutiefst beschämen sollten, aber so wie diese Männer meinen Körper zum Leben erweckten, konnte ich es einfach nicht. Es fühlte sich...so gut an. Ich fühlte mich heiß und weich und ich konnte kaum atmen. Simon nuckelte jetzt an meiner anderen Brust und ich wölbte unbewusst meinen Rücken, damit er mehr in seinen Mund nehmen konnte. Ich brauchte es...brauchte ihre Berührungen...brauchte etwas, aber ich wusste nicht genau was.

Ein Schweißfilm überzog meine Haut und ich spürte, dass meine langen Haare an meinem Rücken und Nacken klebten. Cross' Finger glitten weiterhin über mich, an der Seite eines der feuchten Blütenblätter hinab, um es zur Seite zu drücken, dann tat er das Gleiche mit der anderen, bevor er meine Öffnung fand, sie umkreiste und dann nur mit der Fingerspitze nach innen glitt.

„Sie ist eng."

„Lass mich mal", sagte Rhys und ich spürte, wie sich Cross' Hand entfernte, was meinen Lippen ein Schluchzen entriss, und von Rhys' ersetzt wurde. Seine Berührungen waren anders. Auch wenn er genauso sanft vorging, so waren seine Bewegungen doch direkter, sein Finger tauchte eine Spur weiter ein, als Cross es getan hatte, nur um sich dann zurückzuziehen und nach oben zu gleiten, wo er eine Stelle berührte, die –

„Ja!", schrie ich.

Ich fühlte Simons Glucksen an meiner Brust.

„Sie schmeckt köstlich."

Ich hatte keine Ahnung, worüber Cross sprach und ich öffnete meine Augen, um zu sehen, wie er an seinem Finger saugte, dem Finger, der zwischen meinen Beinen gewesen war.

„Breiter, Liebes", forderte Rhys und stupste leicht gegen meinen Innenschenkel. Ich bewegte meinen rechten Fuß ein wenig. „Genau so, braves Mädchen."

„Jetzt können wir dich beide berühren", erklärte Cross und ich spürte zwei Hände zwischen meinen Beinen. Eine strich über die Stelle, diese wundervolle, unglaubliche Stelle, die mich dazu brachte, mein Vergnügen laut herauszuschreien und die andere tauchte wieder und wieder in meine Öffnung, für meinen Geschmack nicht tief genug, aber weit genug, um meinen Körper in Flammen aufgehen zu lassen, als wäre er in Brand gesteckt worden.

„Ihr Kitzler ist so hart, ich wette, sie kann auf diese Weise zum Höhepunkt kommen. Kannst du für deine Männer kommen, Liebes?"

Ich schüttelte meinen Kopf, während ich über meine Lippen leckte. Ich war verloren in der Empfindung ihrer Hände und ich war dankbar für ihre festen Halt auf der Rückseite meiner Schenkel und meiner Taille. Ich wusste nicht, was mein Kitzler war, aber was auch immer sie taten, es gefiel mir ziemlich gut. „Ich…ich weiß nicht, was du meinst", schluchzte ich schon fast.

„Empfindest du ein wenig Schmerz?" Simon pustete leicht in das Tal zwischen meinen Brüsten.

„Bist du überall heiß?"

„Verzweifelt?"

„Wild?"

Die Männer zählten Worte um Worte auf, die alle

beschrieben, wie ich mich fühlte und ich konnte nur mit dem Kopf nicken, während mein Mund offenhing. Ich brauchte...

„Wir werden es dir geben, Liebes", versprach Cross.

Ihre Hände wurden sogar noch aufmerksamer, Rhys' Finger lag auf der Stelle, die mich höher klettern und heißer und heller werden ließ, Simons schon fast schmerzhafter Biss an meinem Nippel –

„Genau..."

– und Rhys' Finger, der sich in mir bewegte –

„...in diesem..."

– nur um dann zurückzugleiten und mich an der dunkelsten und geheimsten Stelle zu berühren.

„...Moment", versprach Rhys.

Das federleichte Streichen seines Fingers an meinem Hintereingang stieß mich von dem Berg, auf den ich geklettert war und ich erlebte den freien Fall, fiel und fiel, während das herrlichste Vergnügen durch meine Adern pulsierte. Weißes Licht blitzte hinter meinen Augenliedern auf, meine Muskeln spannten sich an und ein Schluchzen blieb mir in der Kehle stecken.

Die Hände der Männer streichelten und liebkosten mich, bis das Vergnügen abebbte und mein Körper erschlaffte. Simon setzte sich zurück auf den Stuhl, um mich weiterhin in den Händen halten zu können, während sich Rhys und Cross auf das Bett setzten. Ich konnte das träge Lächeln, das sich auf meine Lippen schlich, nicht zurückhalten und ich sah jeden von ihnen mit leicht verschleiertem Blick an.

„Was war *das*?", fragte ich mit heiserer Stimme.

Simons lange Finger gruben sich in meine Taille. „*Das* waren deine Männer, die dich zum Höhepunkt gebracht haben."

„Höhepunkt?", wiederholte ich.

In einer fließenden Bewegung stand Simon auf, hob mich hoch, trug mich zu der kupfernen Badewanne und senkte mich in das Wasser, das immer noch warm war.

„Vergnügen. Wir haben dir Vergnügen bereitet", erklärte Cross.

Simon nahm sich die Seife, die nach Rosen duftete, und begann mich mit sanfter Effizienz zu waschen, seine seifigen Hände reinigten meinen Körper von dem Gestank des Feuers. Ich war so erschöpft von dem überraschenden Vergnügen, das sie meinem Körper entlockt hatten, dass ich mich nicht länger schämte, nicht einmal als er mich aus der Wanne hob und mich wie ein Kind abtrocknete. Der Blick in seinen Augen zeigte mehr als deutlich, dass er mich für keines hielt. Dann hob er mich wieder hoch und legte mich mitten auf das Bett. Anscheinend gefiel es dem Mann mich herum zu tragen. Ich spürte die kühle Decke an meiner überhitzten, empfindlichen Haut.

„Wir haben dir Vergnügen bereitet, Liebes", wiederholte Cross. „Und wir werden es wieder tun."

„Und wieder", fügte Rhys hinzu.

„Und wieder", endete Simon.

„Aber ich werde nicht aufstehen", widersprach ich, während ich mich auf meinen Ellbogen stemmte.

Auch wenn sie lächelten, so lachten sie wenigstens nicht oder machten sich über mein fehlendes Wissen in Bezug auf die Vorgänge zwischen Männern und Frauen lustig.

„Du musst nicht stehen. Zu liegen, funktioniert ebenfalls sehr gut", klärte mich Rhys auf.

„Ich habe es so sehr genossen, deinen Geschmack von meinen Fingern zu lecken. Dein Aroma liegt mir immer noch auf der Zunge. Ich will mehr", gab Cross zu. Er stand auf und ging zum Fußende des Bettes, stellte ein Knie auf die Matratze und begann zu mir zu krabbeln. Zur gleichen Zeit nahmen Rhys und Simon jeder jeweils eines meiner Beine in ihre Hand, spreizten sie weit und hielten sie fest.

Cross' grüne Augen waren dunkler, als ich sie je gesehen hatte, seine Wangen und Mund gerötet, sein Haar fiel verwegen über seine Stirn. Seine Schultern waren breit und dennoch war seine Taille schmal und in seiner Hose verbarg sich eine Beule, eine große – oh!

„Mehr?" Ich begann mit gleichen Teilen an Vorfreude und Beklommenheit zu keuchen. „Mehr was?"

„Mehr von *dir*", knurrte er, bevor er sich zwischen meine Schenkel senkte.

8

ROSS

„ICH WEIß NICHT, ob ich in der Lage sein werde, auf einem Pferd zu sitzen", knurrte Simon, während er sich mit der Hand übers Gesicht strich und über seine Bartstoppeln kratzte.

Es war noch früh am Morgen, die Sonne war kaum aufgegangen und wir standen mit unserem Kaffee auf der hinteren Veranda des Hauses der Tannenbaums. Wir hatten Olivia schlafend und nackt im Gästezimmer zurückgelassen, wobei ihr kurviger Körper nur spärlich von dem weißen Laken verdeckt worden war. Ihre Haare lagen wild und zerzaust auf dem Kissen, ihre Lippen waren rot und wirkten von unseren Küssen so geschwollen, als wären sie von Bienen gestochen worden. Aber das war nicht die einzige Stelle, an der wir sie geküsst hatten. Simon und Rhys hatten sie für mich gespreizt und ich hatte ihre Pussy mit meiner Zunge verwöhnt, bis sie zum Höhepunkt gekommen war. Sie war so empfindlich, ihre Klitoris eine pulsierende, kleine Perle, ihre Erregung reichlich und ihre Falten waren hinreißend. Ich konnte nicht genug von ihrem Geschmack bekommen, aber nachdem ich sie befriedigt hatte, hatten wir die Plätze getauscht, bis jeder von uns von ihr gekostet und ihr einen Orgasmus geschenkt hatte. Ich schmeckte sogar noch jetzt, Stunden später, ihr heißes, süßes Aroma auf meiner Zunge.

Obwohl wir alle wussten, dass wir sie erst offiziell erobern sollten, wenn wir zurück auf Bridgewater waren, war es doch schwer gewesen – nein, praktisch unmöglich – nicht meinen Schwanz herauszuziehen zu wollen und ihn in ihre glatte, feuchte Pussy einzudringen. Ich war seit dem Moment, als ich sie auf dem Tanz gesehen hatte, steinhart und das würde sich so schnell nicht wieder ändern. Selbst wenn ich sie fickte, würde ich sie höchstwahrscheinlich sofort wieder wollen. Ich verrückte meinen Penis in meiner Hose und stimmte Simons Worten zu. „Ich werde mich um das Problem kümmern müssen, bevor wir gehen, aber sobald ich sie sehe, werde ich wieder hart sein. Denkt ihr, wir können es bis zum Einbruch der Dunkelheit nach Hause schaffen?"

„Absolut." Simon zögerte nicht mit seiner Antwort. Wir *mussten* nach Hause kommen, damit wir sie erobern konnten. Es würde eine lange Nacht werden, aber wir würden sicherstellen, dass Olivia jede Minute davon genoss.

Rhys gesellte sich zu uns. Sein normalerweise gepflegtes Erscheinungsbild war ziemlich zerknittert. „Wir müssen unsere Frau von hier fortschaffen. Wenn ich sie so nackt und befriedigt in diesem Bett sehe, will ich sie ficken, aber wir können das nicht im Haus ihres Onkels tun", sagte er mit griesgrämiger Stimme.

„Heute Nacht", schwor ich.

„Heute Nacht", stimmte Rhys zu. Simon nickte.

Belinda trat zu uns und obwohl sie eindeutig müde war, war sie tadellos gekleidet. Sie hatte kluge Augen und sie wirkte wie die Art Frau, der nichts entging. „Ihr Männer seid entweder morgens nicht gerade die fröhlichsten Gesellen oder bereit abzureißen. Auch wenn das Haus ziemlich groß ist, ist es nicht ganz so privat, wie ihr das vielleicht gerne hättet." Ja, ihr war nichts entgangen. Sie verstand unser Dilemma, aber war viel zu sehr Dame, um mehr zu sagen.

„Ja, wir sind begierig, nach Hause zu kommen", bestätigte ich.

Ein kleines, verschmitztes Lächeln breitete sich auf ihren Lippen aus. „Ja, dessen bin ich mir sicher. Wäre es *einfacher* für euch, wenn ich Olivia dabei helfen würde, sich für die Reise fertig zu machen?"

Simon war derjenige, der antwortete: „Danke. Ich fürchte, sie ist eine große Versuchung für uns und wir würden andernfalls nicht so schnell abreisen können."

Sie lachte bei seinen Worten. „Ich werde dafür sorgen, dass sie in dreißig Minuten bereit ist."

Das Haus der Tannenbaums war groß genug, um einen eigenen Stall zu haben und dort fand uns Olivia innerhalb des halbstündigen Zeitfensters. Sie trug, wie ich annahm, eines von Belindas Kleidern, da ihre verrußte Robe und Nachthemd nicht für die Reise oder überhaupt irgendetwas geeignet waren, da sie nie wieder ein Nachthemd im Bett tragen würde. Das Kleid war Tannengrün und hübsch geschnitten, aber die Farbe stand ihr nicht so gut, wie sie der älteren Frau gestanden hätte. Ich hatte erwartet, dass unsere Braut schüchtern an uns herantreten würde, nachdem was wir erst vor wenigen Stunden mit ihr gemacht hatten, oder vielleicht sogar lächeln würde, während sie von einem zufriedenen Leuchten umgeben wurde, aber ich hatte weder mit der flammenden Wut, die ihre Augen versprühten, noch ihren steifen Schultern gerechnet.

„Seid ihr jetzt mit mir fertig?", fragte sie.

Die Sonne stieg allmählich über die Berge in der Ferne und die Luft erwärmte sich. Nur ein paar vereinzelte Wolken trieben über den Himmel. Es würde ein angenehmer Ritt werden. Im Stall war es kühler, der Duft nach Erde und Pferd war intensiv. Sowohl Rhys als auch Simon hörten mit ihrer Arbeit auf, als sie hereinlief.

„Fertig, Mädel?", wiederholte Simon mit hochgezogener Augenbraue.

Sie trat näher zu uns und ich konnte ihre geröteten Wangen sehen, als sie die Hände in die Hüften stemmte. „Habt...habt ihr jetzt nach letzter Nacht das, was ihr wolltet?"

Rhys lief hinter sie und Simon und ich gingen zu ihren Seiten, so dass sie von uns und einem der Pferde eingekreist war. „Wir haben dir gegeben, was du gebraucht hast, ja", antwortete Rhys, wobei er sich um eine neutrale Aussage bemühte.

Worüber war sie wütend? Wir hatten sie heute Morgen nicht einmal gesehen.

„Was ich brauchte? Ich brauchte es, dass mir meine Ehemänner versicherten, dass alles in Ordnung ist, und nicht, dass ich in Belindas Händen zurückgelassen werde. Was habt ihr geglaubt, wie ich mich fühlen würde, wenn ich allein sitzengelassen werde und mir dann mitgeteilt wird, dass ich mich anziehen muss, damit ich gehen kann? Habt ihr vor mich in Zukunft so zu behandeln? Denn in diesem Fall werde ich einfach hierbleiben."

Ich presste meine Kiefer fest zusammen, während ich meinen Finger krümmte und sie ohne Worte näher zu mir zitierte. Sie schluckte schwer, aber hielt ihr Kinn nach oben gereckt, während sie die Distanz zu mir schloss und nah genug herankam, dass ich ihre kleine Hand in meine nehmen konnte. Mit der anderen öffnete ich meinen Hosenschlitz und zog meinen Schwanz heraus. Meinen steinharten, gierigen Schwanz.

Sie keuchte und zog an meiner Hand.

„Du bist noch so unschuldig und verstehst nicht, warum wir heute Morgen nicht bei dir im Gästezimmer geblieben sind." Ich umfasste die Wurzel meines Penis und zischte bei dem Kontakt, mein Schwanz pulsierte voller Verlangen und zeigte direkt auf Olivia. „Wir hätten es dir erklären sollen und das tut uns leid. Wir wollten dich nicht erschrecken, aber es ist anscheinend unvermeidbar. Siehst du meinen Schwanz, Liebes? Er ist hart, hart für dich. Siehst du diese Flüssigkeit an der Spitze? Er tropft schon fast, weil er sich so sehr danach sehnt, in dir zu sein."

Als ich begann von der Wurzel zur Spitze zu streichen und wieder zurück, beobachtete sie meine Bewegungen aufmerksam und dann blickte sie durch ihre dunklen Wimpern zu mir hoch. In ihren Augen entdeckte ich Neugier und Überraschung und einen Hauch Erregung. Ich fragte mich, ob sie unter dem tiefhängenden Saum ihres Kleides feucht war.

„Ich will dich ficken, Olivia, und wenn ich heute Morgen zu dir gekommen wäre, wäre ich nicht in der Lage gewesen, mich zurückzuhalten."

„Oh", flüsterte sie, während sich ihre Augen wieder senkten, um meine Hand zu beobachten.

Meine Hüften stießen bei dem Gedanken, wie sie vor mir kniete und ihr Mund ein perfektes O um meinen Schwanz formte, unwillkürlich nach vorne.

„Wir wollen dich alle, Mädel", erklärte Simon. Vielleicht hatte sie vergessen, dass die anderen da waren, denn sie zuckte zusammen und drehte ihren Kopf, um auf die Vorderseite seiner Hose zu schauen. Ich konnte deutlichen den Umriss von Simons hartem Penis sehen und ich wusste, dass es Olivia genauso erging.

„Wir wollen dich zu sehr", fügte Rhys hinzu.

Ich bewegte meine Hand, ergriff ihre und bog sie um meinen Schwanz, wobei ich meine Hand über ihre legte und dann anfing, sie zu bewegen. Ich konnte das Stöhnen, das mir bei dem Gefühl ihrer Hand entkam, nicht zurückhalten. Ihre kleinen Finger berührten mich und glitten meine Länge hoch und runter.

Während ich ihr zeigte, wie ich es gerne mochte, erteilte ich ihr eine kurze Lektion. „Mein Schwanz wird deine Pussy schon bald vollständig ausfüllen, aber vorerst wirst du mich mit deiner Hand zum Höhepunkt bringen. Erinnerst du dich an letzte Nacht, als du zum Höhepunkt gekommen bist? Du wirst dafür sorgen, dass ich mich genauso fühle. Diese Kante, ja", zischte ich, als sie einen Finger über die empfindliche Stelle der Eichel gleiten ließ. „Das wird über all die besonderen Stellen tief in dir reiben und du wirst auf meinem Schwanz kommen. Wenn ein Mann kommt, explodiert seine Lust und sein Samen wird letzten Endes deinen Bauch füllen."

Simon und Rhys traten näher und fingen an, Olivia zu berühren. Rhys ergriff ihr langes Kleid und schob den Stoff ihren Schenkel hinauf, höher und höher, bis er darunter greifen konnte. Simon machte auf der anderen Seite das Gleiche. Schon bald war ihr Kleid an der Vorderseite um ihre Taille gerafft und Simon zog an dem Bändchen ihres Höschens, wodurch es zu Boden fiel. Simon begann von vorne mit ihrer Pussy zu spielen, während Rhys von hinten um sie griff.

Sie versteifte sich, als sie anfingen sie zu streicheln, aber fuhr fort ihre Hand über meinen Schwanz gleiten zu lassen. Meine Lust baute sich am Ende meiner Wirbelsäule wie ein Feuerball auf, machte sich bereit zu explodieren

„Jemand könnte reinkommen", sagte sie, während ihre Nervosität mit der Erregung kämpfte.

„Nein, Mädel, wir sind allein", entgegnete Simon. „Du bist so feucht, dass du auf meine Finger tropfst."

„Perfekt", fügte Rhys hinzu und dann umfasste ihre Hand meinen Schwanz fest, da Rhys' Finger, wie ich annahm, ihren Hintern gefunden und dort zu spielen begonnen hatte.

„Du solltest mich dort nicht berühren", schimpfte sie, während sie versuchte sich aus seinem Griff zu winden, aber sie wurde festgehalten.

Schweiß sammelte sich auf meiner Stirn, da ich mehr als bereit war, zum Höhepunkt zu kommen, nachdem ich Simons Hand gesehen hatte, die von ihrer Erregung ganz feucht war und wusste, dass Rhys anfing, mit ihrem Hintern zu spielen.

Ihre entzückende Braut 73

Ich bewegte meinen Körper zur Seite, so dass ich beim nächsten energischen Streicheln ihrer Hand kam.

Ich stöhnte und bewegte meine Hüften, während dicke Samenstränge auf das Heu und den Dreck zu unseren Füßen spritzten.

„Oh", machte Olivia überrascht. Meine Augen klappten zu, als ich das intensive Gefühl und das Wissen genoss, dass ich ihr beigebracht hatte, wie man einen Schwanz richtig bearbeitete. Ich gab ihre Hand frei, da mein Schwanz jetzt zu empfindlich für ihre Berührung war. Ich seufzte laut und dann grinste ich, ich konnte einfach nicht anders. Die verzweifelte Sehnsucht war befriedigt worden, wenn auch nur vorübergehend. Was die anderen anging, so würden sie als nächstes an der Reihe sein. Ich trat zur Seite und die Männer führten sie nach vorne, so dass sie ihre Hände auf den Anbindebalken legen konnte, der zum Bürsten der Pferde genutzt wurde. „Leg deine Hände dorthin, Liebes", wies ich sie an. Nachdem sie das getan hatte, zog Rhys ihre Hüften leicht nach hinten und ich kniete vor sie, Simon an ihrer Seite.

"Was macht ihr da?", fragte sie.

„Spielen", erwiderte ich. „Ich werde mit deiner Pussy spielen und Rhys wird mit deinem Hintern spielen. Wir werden dich zum Höhepunkt bringen, während du Simons Schwanz streichelst."

Ich übernahm den Saum ihres Kleides von Simon, während er seine Hose öffnete und seinen Schwanz befreite, der für sie bereit war, so dass sie ihre Handfertigkeit an einem weiteren Schwanz üben konnte. Jetzt lag es an Simon, sie zu unterweisen, während ich mehr als zufrieden damit war, mich mit ihrer hübschen, rosa Pussy zu beschäftigen und sie zu ihrem Vergnügen zu streicheln.

„Mein...ich glaube nicht, dass ihr mit meinem *Hintern* spielen solltet." Sie flüsterte *Hintern*, als ob es ein schmutziges Wort wäre.

„Nein, Liebes, wir werden fast immer mit deinem Hintern

spielen, wenn wir mit dir zusammen sind, da du uns bald alle drei gleichzeitig nehmen wirst. Einer unserer Schwänze wird in diesem süßen Mund sein, ein weiterer in deiner perfekten rosa Pussy und der letzte in diesem engen, heißen Arsch. Keine Panik, wir müssen zuerst dein Jungfernhäutchen durchbrechen, aber dein hübscher Arsch muss darauf vorbereitet werden, einen Schwanz aufzunehmen."

Ich leckte mit der Zunge über ihre geschwollene Klitoris, während meine Finger sie öffneten, aber als sie sich an meinem Mund versteifte und stöhnte, nahm ich an, dass Rhys einen feuchten Finger in ihren Arsch geschoben hatte. Ich liebte ihren Geschmack auf meiner Zunge. Ihr Duft war süß und so berauschend, dass mein Schwanz schon wieder hart wurde.

„Sie ist sehr gut mit ihrer Hand", bemerkte Simon mit tiefer und kehliger Stimme. „Ich werde nicht lange durchhalten, Mädel, also bring es zu Ende." Ich hörte, wie er sich bewegte, dann grunzte und wie eine Hand gegen die hölzerne Wand klatschte, damit er sich aufrecht halten konnte.

„Ich habe einen Finger in ihr und sie ist so eng. Ich glaube, jedes Mal, wenn du ihren Kitzler leckst, Cross, drückt sie ihren Arsch schön eng zusammen. Wenn wir unsere Schwänze hier einführen, wird es himmlisch sein."

„Es...es ist zu viel", keuchte sie.

„Mein Finger? Das ist nur der Anfang. Entspann dich, das ist es. Jetzt bin ich an der Reihe, zum Höhepunkt zu kommen, Liebes, aber Simon wird meinen Platz einnehmen."

„Oh", keuchte sie, als die Männer die Plätze tauschten.

„Ich brauche ein bisschen Honig aus deinem Honigtöpfchen, Mädel", erklärte Simon ihr und ich sah, wie sein Finger in ihre Pussy eintauchte und tropfnass herauskam, bevor er ihn über ihre winzige Knospe wandern ließ.

„Gib mir deine Hand, Liebes, und zeig mir, was du gelernt hast. Ich wette, du kannst es tun, ohne dass ich dir helfe. Ah, ja", zischte Rhys. Ich warf einen Blick nach links und sah, dass

Olivia Rhys' Schwanz ganz allein streichelte. Eine seiner Hände drückte gegen die Wand, damit er sich aufrecht halten konnte, die andere hatte sich zu einer Faust an seiner Seite geballt.

„So ein perfekter, enger Arsch, Mädel. Ich werde jetzt anfangen, meinen Finger zu bewegen, genauso wie es Rhys getan hat."

Sie wimmerte, aber wusste gleichzeitig, dass Simon, trotz seiner enormen Größe, sanft mit ihr sein würde. Die Mischung aus Schmerz und Vergnügen der Analspielchen veranlassten mich dazu, nachdrücklicher an Olivias Kitzler zu saugen und einen Finger in ihre Pussy zu tauchen. Nach letzter Nacht wusste ich ziemlich genau, wie ich sie zum Höhepunkt bringen konnte und ich wollte, das tun, während sich Simons Finger in ihrem Hintern befand. Ich wollte, dass sie Analspielchen von Anfang an nur mit Vergnügen verknüpfte.

„Cross wird dich zum Höhepunkt bringen, Mädel. Hol jetzt tief Luft und lass sie raus. So ein braves Mädel", beruhigte er sie, während sie stöhnte und sich von der Mischung neuer Gefühle überschwemmen ließ, die hervorgerufen wurden, weil ihr Hintern gefüllt war und ihre Klitoris und Pussy verwöhnt wurden. „Sei sehr leise, damit niemand hört, dass du von deinen Männern befriedigt wirst."

Als sich die Finger ihrer freien Hand in meinen Haaren vergruben, wusste ich, dass sie kurz vor dem Höhepunkt stand. Ich konnte spüren, wie sich ihre inneren Wände um meine Fingerspitze zusammenzogen.

„Jetzt, Mädel. Komm jetzt für uns."

Das tat sie auf Befehl, ihre Körper tropfte ihr Vergnügen auf meine Finger, während sie auf ihre Lippe biss, um ihren Schrei zu unterdrücken, und ihr Körper von ihrer Erlösung erschüttert wurde.

„Sie umfasst meinen Schwanz so fest", sagte Rhys, kurz bevor er stöhnte und ich wusste, er hatte ebenfalls seine Erleichterung gefunden.

Ich setzte mich zurück auf meine Fersen und wischte mir mit dem Handrücken über meinen Mund, während ich zu Olivia hochsah. Ihre Augen waren geschlossen, ihre Haut gerötet, ihr Mund geöffnet und sie atmete schwer. Simon bewegte immer noch seinen Finger in ihrem Hintern, bis auch das letzte bisschen Vergnügen verebbte. Als sie ihre Augen öffnete, trat er zurück und ihr Kleid fiel zu Boden.

„Das ist der Grund, warum wir nicht zu dir gekommen sind. Denn anstatt dich nur mit unseren Händen zu befriedigen, hätten wir dich genommen, hätten deine Jungfräulichkeit genommen und wenn wir das tun, haben wir nicht vor, dich so schnell wieder aus dem Bett zu lassen", erklärte ich ihr. Ihre hellen Augen, die von Erregung verschleiert waren und ziemlich selbstzufrieden dreinblickten, sahen auf mich hinab.

„Tagelang", ergänzte Rhys, während er seine Hose zuknöpfte.

9

LIVIA

Auf unserem Ritt zur Bridgewater Ranch sprach ich das Thema meines Wutausbruches am Morgen nicht an, denn, wenn ich das täte, würden sie vielleicht über die Dinge reden wollen, die wir direkt *danach* getan hatten. Auch wenn ich jetzt ihre Gründe dafür, dass sie mich allein in dem Gästezimmer zurückgelassen hatten, verstand, so hatte ich es zu dem Zeitpunkt nicht gewusst. Glücklicherweise waren ihre Gemüter so geartet, dass sie sich den Grund meiner Wut anhörten und mich nicht angeschrien oder mit mir gestritten hatten.

Zwanzig Minuten allein mit dem Trio im Stall hatten mir beigebracht, dass mehr dazu gehörte, meine Jungfräulichkeit zu nehmen, als ich zuerst gedacht hatte. Es war kein Fummeln unter den Laken im Dunkeln.

Als Cross zu meiner absoluten Überraschung seine Hose geöffnet und seinen…seinen Schwanz herausgezogen hatte, war ich erstaunt gewesen, da ich keine Ahnung gehabt hatte, dass er so groß sein könnte. Ich hatte angenommen, dass sie viel kleiner wären, denn die Vorstellung, dass er in mich passen sollte, war geradezu grotesk. Dann hatte ich Simons Schwanz gesehen und er war sogar noch dicker und zu diesem Zeitpunkt wollte ich nicht mehr darüber oder die Größe von Rhys' nachdenken, außerdem wurde ich auch wunderbar abgelenkt. Sie hatten gesagt, sie würden damit warten mehr zu tun – ich war mir nicht sicher, wovon mehr – bis wir auf der Ranch wären, also wurde mir bis dahin noch eine Gnadenfrist gewährt.

Gnadenfrist hin oder her, es hatte sie nicht davon abgehalten, ihre Finger in meinen Hintern einzuführen, zumindest zwei von ihnen hatten es getan und das war genug gewesen. Ich hatte nicht gewusst, dass das etwas war, das verheiratete Leute machten. Ich hatte die jüngeren verheirateten Damen nie über solche Zuwendungen flüstern hören. Es hatte sich…seltsam angefühlt und als Rhys zum ersten Mal in mich eingedrungen war, hatte es ein wenig gebrannt. Aber als er begann, seinen Finger sehr langsam rein und raus zu bewegen, genauso wie Cross' Finger es in meiner Weiblichkeit gemacht hatte, war es völlig anders gewesen. Die Intensität der Gefühle – das *Vergnügen* dort – war absolut überwältigend. Als Cross mich an dieser speziellen Stelle zwischen meinen Beinen geleckt hatte, war ich gekommen und zwar hart. Es war, als würde es jedes Mal, wenn sie mich zum Höhepunkt brachten, besser und besser werden.

Ich wusste, dass auch Männer Lust verspürten, denn warum würde es sonst in jeder Stadt Bordelle geben, manchmal sogar mehr als eines? Ihre Gesichtsausdrücke, während sie kamen, waren…berauschend gewesen, da ich wusste, dass meine Hand, die über ihre dicken Schäfte hoch und runter geglitten war, das verursacht hatte. Ich hatte den Dreh schnell raus gehabt, nachdem Cross mir gezeigt hatte, wie es ging, und ihre glatten, heißen, harten Schäfte waren beeindruckend. Unglücklicherweise hatte mir keiner der Männer viel Zeit gegeben, mich auf sie zu konzentrieren, da sie sich sehr gründlich um mich gekümmert hatten. Wenn es drei gegen eine hieß, dann würde ich immer überwältigt werden.

Während des Ritts nach Bridgewater saß ich auf dem Schoß eines Mannes, dann eines anderen, da sie sich anscheinend damit abwechseln wollten, mich zu halten. Ich war zu befriedigt von ihren Aufmerksamkeiten, um wirklich zu streiten und vielleicht war das ihre Strategie gewesen – mich so zu befriedigen, dass ich nicht protestieren würde. Ich machte keinen Kommentar darüber, dass sie mich teilten, da ich schnell lernte, dass sie sehr besitzergreifende Männer waren und obwohl sie gemeinsam als Team arbeiteten, waren sie auch Individuen und benötigten jeder Zeit allein mit mir.

„Ist das das Zuchtpferd, von dem du beim Tanz erzählt hast?", fragte ich, während ich das Pferd betrachtete, das hinter uns hergeführt wurde. Nach unserer letzten Pause war Cross auf sein Pferd gestiegen, hatte meine Hand genommen und mich auf seinen Schoß gehoben. „Warum kann ich ihn nicht reiten?"

„Ja, das ist das Pferd. Auch wenn er eingeritten ist, so ist er doch neu für uns und wir wollen nicht riskieren, dass irgendjemand verletzt wird. Gefällt es dir nicht, mit deinen Männern zu reiten?", wollte er wissen, während er mit dem Kinn über meinen Scheitel strich.

Ich genoss es tatsächlich, von ihnen gehalten zu werden. „Es ist neu für mich, bei einem Mann zu sitzen. Na ja, eigentlich ist es neu für mich, irgendetwas mit einem Mann zu tun. Zuvor war es nicht nur unschicklich, so etwas zu tun, sondern ich war auch ziemlich unabhängig." Die Vergangenheitsform beunruhigte mich, denn würde ich jetzt, da ich verheiratet war, noch die gleichen Freiheiten haben, wie als ich mit meinem Onkel zusammengewohnt hatte? Ich hatte mich zwar nicht überall in Helena herumgetrieben, da meine Tage gefüllt waren mit Sozial- und Wohltätigkeitsveranstaltungen, genauso wie mit der Aufgabe, Gastgeberin für meinen Onkel zu spielen –

„Oh", sagte ich.

„Was ist?", fragte er.

„Ich habe gerade erkannt, dass mein Onkel so viele... Vorkehrungen getroffen hat, um zu verhindern, dass ich von seiner Beziehung mit den Tannenbaums erfuhr."

„Wie das?"

Der schwerfällige Gang des Pferdes warf mich gegen Cross' Körper. Ich trug zwar eine Haube auf dem Kopf, aber sein großer Körper schützte mich ebenfalls ziemlich gut vor der Sonne.

„Er hat Dinnerpartys gegeben, was er, statt mit mir, mit Belinda als Gastgeberin hätte tun können. Er hat sein Haus nur für mich behalten. In der Kirche saßen wir nie bei den Tannenbaums und ich weiß, dass Onkel Allen sie nicht die ganze Zeit besucht hat, wahrscheinlich nicht annähernd so oft, wie er es gerne gehabt hätte. Er hat so viel für mich geopfert."

Ich spürte, wie Cross den Kopf schüttelte. „Er hat es nicht nur für dich getan. Glaubst du, eure Freunde und die anderen Kirchenmitglieder würden es billigen, dass er sich mit Robert eine Ehefrau teilt?"

„Nein. Werde ich also nur mit Simon leben, um den Schein zu wahren?"

„Nein, Mädel", antwortete Simon, während er sein Pferd neben uns führte, so dass er auf einer unserer Seiten ritt. Rhys lenkte sein Pferd unterdessen auf die andere Seite. „Auf Bridgewater ist es normal, dass sich mehrere Männer um eine Frau kümmern."

Ich warf ihm einen Blick zu. Er war so dunkel und gut aussehend, seine Bartstoppeln wuchsen schnell nach und schwarze Haare bedeckten mittlerweile seinen Kiefer. Sein Hut saß tief auf seinem Kopf und er ritt mühelos ein Pferd. Auch wenn er sich wohl zu fühlen schien, konnte ich sehen, dass seine Augen den Horizont nach versteckten Gefahren absuchten. Rhys schien derjenige zu sein, der lernbegierig und ein Bücherwurm war. Cross war unbeschwerter, während

Simon der Ernste war, obwohl das die Anziehungskraft kein bisschen schmälerte, denn die Intensität seines Blickes war unglaublich heiß.

Er schien derjenige zu sein, der den größten Beschützerinstinkt hatte, vielleicht sogar besitzergreifend war. Wir hatten Helena ohne Zwischenfall verlassen, aber sie hatten die Augen offenhalten wollen, ob uns Peters oder irgendein anderer Mann, den er geschickt haben könnte, verfolgte. Bis jetzt hatte sich nichts geregt.

„Ich habe noch nie davon gehört, dass mehrere Männer eine Frau heiraten und ich muss zugeben, ich bin an diese Vorstellung nicht gewöhnt."

„Du warst auch nicht an die Vorstellung gewöhnt, einen Mann so schnell zu heiraten, wie du es getan hast", entgegnete Rhys. „Das fand schließlich in extremer Eile statt."

Wie wahr, selbst dann wäre es eine Überraschung gewesen.

„Simon und ich waren im gleichen Armeeregiment. Wir verließen England und wurden in dem winzigen Land Mohamir stationiert."

„Ist das nicht in der Nähe des Osmanischen Reichs?"

Rhys lächelte „Du kennst dich in Geographie aus. In diesem Land ist es Sitte, dass eine Frau mehr als einen Mann heiratet, in manchen Fällen sind es Brüder, in anderen sind es Männer, die sich zusammengeschlossen und geschworen haben, eine Frau zu schätzen und zu beschützen."

„In England, Mädel", fluchte Simon, „heiraten diese verdammten Briten oft, um ihren sozialen Rang zu sichern, oder wegen Geld und die Männer haben strenge Regeln für ihre Ehefrauen, aber keine für sich selbst."

„Es muss ein paar geben, die auch aus Liebe heiraten", widersprach ich.

„Ja, Mädel, das stimmt, aber in den Kreisen, in denen ich verkehrte, war es nicht die Norm. Wir hatten Freunde, deren Ehefrauen vernachlässigt wurden und die unglücklich waren, während sie selbst sich in den Bordellen vergnügten. Dieser

Mangel an Ehre hat uns absolut angewidert. In Mohamir existierte diese Ehre jedoch und sie verhielten sich genau so, wie wir sein wollten."

„Wollen du und Rhys nicht irgendwann Frauen für euch allein?", fragte ich Cross.

Mir gefiel die Möglichkeit, für eine andere verlasen zu werden, nicht, aber sie waren gut aussehende Männer und sicherlich hatten Frauen sie bereits in der Vergangenheit umschwärmt. Warum sollten sie also in der Zukunft nicht ebenfalls die Aufmerksamkeit anderer Frauen erregen?

„Nein, Liebes. Wir wollen nur dich."

„Wir werden immer nur dich wollen", fügte Rhys hinzu. Er neigte seinen Kopf und sah mich mit dunkler Ernsthaftigkeit an. „Du magst vielleicht jetzt noch nicht so denken, aber die mohamirsche Sitte beschützt die Ehefrau. Wenn einem von uns etwas geschehen würde, würdest du immer noch die anderen haben, die dich umsorgen – dich und die Kinder, die sicherlich noch kommen werden. Dir wird es nie wieder an etwas fehlen."

„Wenn euch deren Sitten so gut gefallen haben, warum seid ihr dann nicht dortgeblieben?"

„Unser Befehlshaber hat etwas…Schreckliches getan und es einem unserer Freunde, Ian, angehängt. Wir wussten, dass er unschuldig war und es keine Gerechtigkeit geben würde, also sind wir gegangen", erklärte Rhys. „Als Gruppe beschlossen wir, uns zusammen zu tun und ein neues Leben zu beginnen. Wir reisten nach Amerika, um einen Ort zu finden, an dem wir so leben konnten, wie wir es in Mohamir gelernt hatten, während wir vor Evans und allen möglichen Auswirkungen, die uns verfolgen könnten, flohen."

Ich drehte meinen Kopf, so dass ich zu Cross hochsehen konnte. Seine Augen waren im Vergleich zu Rhys' und Simons dunklen so grün. „Was ist mit dir? Du klingst so amerikanisch wie ich. Du hast sicherlich keine Zeit in Mohamir verbracht."

Er küsste mich auf die Nasenspitze „Ich wuchs in Boston

auf und dort ging ihr Schiff an Land. Ich war damals noch nicht so groß wie jetzt, aber ich war in einen Kampf verwickelt, um eine Frau zu beschützen, und diese zwei halfen mir."

„Es steckt noch mehr hinter dieser Geschichte, nicht wahr?"

Cross legte wieder sein Kinn auf meinen Kopf, wodurch er mich zwang, ihn nicht mehr anzuschauen. „Meine Vergangenheit ist keine gute Geschichte, Liebes." Seine Stimme klang bei der Erwähnung seiner Kindheit flach. „Bridgewater ist jetzt mein Zuhause. Dein Zuhause. Es ist der Ort, wo unsere Zukunft liegt. *Du* bist unsere Zukunft."

10

HYS

„Ihr seid wegen eines Zuchtpferdes nach Helena gegangen und zudem mit einer Braut zurückgekommen?", fragte Kane, der das Halfter des Pferdes hielt, während Simon das Tier bürstete. Er hatte in den Ställen gearbeitet, als wir angekommen waren und war gekommen, um uns mit unseren Pferden zu helfen.

„Hat sich herausgestellt, dass der Mann, der uns das Pferd verkauft hat, ein verdammter Bastard ist und Olivia wehgetan und höchstwahrscheinlich ihr Haus in Brand gesetzt hat." Cross berichtete unserem Freund von den Ereignissen unserer Reise.

„Also habt ihr sie nur zu ihrem Schutz geheiratet?"

„Wir wollten sie ab dem ersten Moment, in dem wir sie gesehen haben", erklärte ich ihm. „Ich wusste es, als ich mit ihr tanzte, als meine Hände auf ihr lagen. Es stand erst gar nicht zur Debatte."

Kane nickte. Er war so dunkel wie ich, auch wenn er ein

paar Zentimeter größer war. Er hatte Emma im vorangegangenen Sommer geheiratet und sie damit vor einer aberwitzigen Eheversteigerung in einem Bordell gerettet. Zu dem Zeitpunkt hatte ich nicht ganz die Tiefe seiner Überzeugung, dass Emma die richtige Frau für ihn und Ian war, verstanden. Sie hatten nur ein oder zwei Minuten gehabt, um sie anzuschauen, bevor die Versteigerung begonnen hatte, aber sie hatten es gewusst. Genauso wie Cross und ich es auf dem Tanz gewusst hatten.

Er und Ian hatten Emma vor den anderen Männern auf der Versteigerung beschützt, aber sie hatten sie geheiratet, weil sie sie gewollt hatten. Es bestand kein Zweifel, dass es eine Liebesheirat gewesen war. Sie waren ihr gegenüber sehr aufmerksam und sie hatte erst vor kurzem ihr erstes Kind zur Welt gebracht.

Kane lächelte und nickte. „Wenn die Frauen erst einmal von ihrer Existenz erfahren, werden sie sie sofort kennenlernen wollen."

„Morgen", erwiderte ich.

Cross schüttelte seinen Kopf. „Zwei Tage. Wir müssen sie erst noch vögeln."

„Und dennoch seid ihr hier und redet mit mir?", fragte Kane mit vor Überraschung zur Seite geneigtem Kopf.

„Simon ist mit ihr im Haus." Nach ihrem aufschlussreichen Wutausbruch heute Morgen hatten wir uns darauf geeinigt, dass immer einer von uns in ihrer Nähe bleiben würde, bis sie sich mit uns vollständig vertraut fühlte. „Sie nimmt ein Bad. Wir haben ihr eine Stunde Frieden gewährt, bevor wir uns auf sie stürzen." Vorfreude schwang in jedem meiner Worte mit.

„Geht", forderte uns Kane auf, „kümmert euch um eure Frau. Ich werde die anderen bitten, mir dabei zu helfen, die Pferde zu versorgen. Ich gebe euch drei Tage, betrachtet den zusätzlichen Tag als Hochzeitsgeschenk und dann werden wir sie kennenlernen."

Zehn Minuten später traten wir durch die Küchentür. Simon saß am Tisch und las ein Buch.

Er legte es auf den Tisch. „Ich habe kein einziges Wort gelesen, weil ich weiß, dass sie da oben ist", er zeigte zur Decke hoch, „nackt und in einer Badewanne. Nachdem ich ihr gestern Nacht bei ihrem Bad geholfen habe, ist es absolut unmöglich hier zu sitzen und ihr Zeit für sich zu geben."

„Wir haben ihr jetzt genug Zeit gegeben", sagte ich und wandte mich dem Flur zu.

Simon erhob sich, wobei die Stuhlbeine laut über den Boden kratzten. „Wurde aber auch Zeit", grummelte er.

Es war an der Zeit, Olivia zu der Unseren zu machen.

Wir fanden sie nicht im Bad, sondern in Simons Schlafzimmer, wo sie mit einem Handtuch um ihren feuchten, nackten Körper gewickelt dastand. Ich kam allein bei ihrem Anblick fast in meiner Hose. Ich warf die Tasche mit meinen selbst hergestellten Dildos und Stöpseln für später auf das Bett und ging zu ihr. Wir hatten sie überrascht, obwohl wir die Treppe und den Flur hinauf getrampelt waren.

„Ihr habt ein reizendes Heim", sagte sie, während sie sich im Raum umsah. Wir hatten das Haus mit großen Schlafzimmern gebaut, da wir große Männer waren und wir hatten gehofft, dass wir eines Tages eine Frau haben würden, die abwechselnd ihre Nächte in einem unserer Zimmer verbrachte. Wir hatten in der Hoffnung auf Kinder auch zusätzliche Schlafzimmer gebaut. Vielleicht würde dieser Tag schon bald kommen, denn wenn wir geschickt genug waren und das Timing stimmte, könnte das bereits in neun Monaten oder so der Fall sein. Die Vorstellung, Olivias Schoß mit unserem Samen zu füllen, so dass er Wurzeln schlagen und wir beobachten könnten, wie ihr Bauch mit unserem Kind wuchs, brachte meinen Schwanz dazu, schmerzhaft gegen meine Hose zu drücken. Wenn sie hinschauen würde, könnte er ihr nicht entgehen.

Ich gluckste darüber, dass sie versuchte zwanglos mit uns

zu plaudern, während sie nur von einem weißen Baumwollfetzen bedeckt wurde. Sie wusste, was kommen würde, da wir ihr klar gemacht hatten, dass wir damit warten würden, bis wir sie nahmen und sie war nervös. Ich machte ihr das nicht zum Vorwurf. Drei scharfe, begierige Männer würden sie bis auf die Haut ausziehen und ihre Jungfräulichkeit nehmen. Deswegen holte ich tief Luft und versuchte meinen Schwanz dazu zu zwingen, sich zu beruhigen.

„Nervös?", fragte ich.

Sie schenkte mir ein wackliges Lächeln. „Ihr seid sehr einschüchternd." Ihre hellen Augen wanderten über jeden von uns und weiteten sich, als Simon die Knöpfe seines Hemdes öffnete.

„Nein, Mädel. Wir sind drei Männer, die ihre Frau befriedigen und sie zu der Ihren machen wollen." Er warf sein Hemd auf das Bett und dann begann er seine Stiefel aufzuschnüren. Ich öffnete gerade mein eigenes Hemd, als er wieder sprach: „Wir werden dir nicht wehtun. Niemals. Jetzt lass das Handtuch fallen, damit wir dich sehen können."

Sie biss auf ihre Lippe, dachte nach, dann ließ sie das Tuch fallen, so dass es auf den Boden zu ihren Füßen flatterte.

Beim Anblick ihrer cremefarbenen Haut, ihren hohen, straffen Brüsten und dem dunklen Haarbüschel zwischen ihren Schenkel stieß ich zischend die Luft aus. Ihre Beine waren lang, sie hatte zierliche Füße und ihre Haare waren zu einem Zopf in ihrem Nacken zurückgebunden.

Die anderen Männer waren fast genauso nackt, während ich immer noch angezogen war, also zog ich mich ebenfalls aus. Kleidung war für das, was wir während der...nächsten drei Tage tun würden, nicht notwendig.

„Ihre Pussy benötigt eine Rasur", stellte Cross fest.

Simon nickte mit dem Kopf. „Ja."

Sie standen da und musterten sie, Simon verschränkte die

Arme vor seiner breiten Brust. Ihre Schwänze bogen sich nach oben zu ihren Bauchnabeln.

Eine von Olivias kleinen Händen bedeckte ihre Pussy. „Was? Meine...meine...rasieren...warum?"

„Hat es dir gefallen, wie wir letzte Nacht deine Pussy geleckt und an ihr gesaugt und sie verwöhnt haben?", fragte Cross und trat näher zu ihr. Sie machte einen Schritt zurück und die Rückseite ihrer Beine stieß gegen das Bett. „So wie ich es heute Morgen getan habe?"

„Lüg uns nicht an, denn wir kennen die Wahrheit. Du hast es geliebt...alle drei Mal", sagte Simon, während er auf die Seite des Bettes lief, ein Knie darauf setzte und sich hinter sie kniete.

Sie blickte über ihre Schulter, dann zu mir und Cross. „Ja, okay, es hat mir gefallen. Es hat mir sogar sehr gefallen."

Ihre Augen bewegten sich ohne Unterlass, sie sah uns neugierig und nervös einen nach dem anderen an.

„Ist das das erste Mal, dass du einen nackten Mann siehst, Liebes?", fragte ich, während ich eine dunkle Locke hinter ihr Ohr schob.

„Ja."

„Schau dir Cross an, während ich die Werkzeuge zum Rasieren hole. Simon wird dich in Position bringen."

Als ich den Flur entlanglief, hörte ich Cross' Stimme. „Wenn deine Pussy vollständig entblößt ist, werden die Empfindungen intensiver sein. Außerdem wollen wir in der Lage sein, all deine hübsche rosa Haut zu sehen."

Ich schnappte mir den Seifenbecher, Pinsel und einen Waschlappen und blieb im Türrahmen stehen. Simon saß auf dem Bett, Olivias Rücken lehnte an seiner Brust, ihre Beine waren angewinkelt und weit am Bettrand gespreizt, so dass ihre Pussy perfekt sichtbar war. Cross hatte aus einer Zimmerecke einen Stuhl herbeigezogen und saß direkt vor ihr.

Ich überreichte ihm die Dinge, die ich geholt hatte, und er machte sich schnell an die Arbeit.

„Aber ich will nicht, dass ich dort nackt bin", protestierte sie und versuchte, sich zu winden. Simon hielt sie jedoch unterhalb ihrer Knie fest und egal, wie sehr sie sich anstrengte, sie würde sich nicht bewegen können.

„*Wir* wollen, dass du nackt bist. Also wirst du nackt sein."

Cross unterbrach seine Arbeit, glitt mit seiner freien Hand über ihre Spalte und dann hinein. „Das ist unsere Pussy, Olivia. Unsere. Schon bald wirst du keinen Zweifel mehr daran haben."

Ein feuchtes, schmatzendes Geräusch füllte die Luft, als er seinen Finger herauszog und sich wieder seiner Aufgabe widmete. Sie wimmerte und wir wussten alle, dass sie nicht wirklich gezwungen wurde.

Ich trat zum Bett und positionierte mich so, dass ich mit ihren Brüsten spielen konnte. Sie waren so weich und prall, fest dennoch nachgiebig. Die hellen Nippel zogen sich vor unseren Augen zusammen und sie keuchte, als ich einen zwirbelte, dann den anderen.

„Gefällt dir das?", fragte ich und ihre hellen Augen fokussierten sich auf mich.

Cross führte den Rasierer tiefer über ihre zarte Haut und der Fleck nackter Haut wuchs.

„Rhys", murmelte sie.

„Was, Liebes? Ja, dir gefällt es?"

Sie nickte mit dem Kopf an Simons Brust.

„Wie steht es damit?" Ob ihr wohl ein wenig Schmerz zusammen mit ihrem Vergnügen gefiel, wenn ich an der Spitze zog und sie dann zwickte? Gefiel es ihr beruhigend und sanft, wenn ich die bearbeitete Haut in meinen Mund nahm, darüber leckte und nuckelte? Ich spürte, wie sich ihre Hände in meine Haare wanden, während ich meine Lippen um einen Nippel schloss und den anderen mit meinen Fingern bearbeitete.

„Sie tropft", verkündete Cross und rieb mit dem sauberen Handtuch über ihre jetzt glatte Haut.

„Hol meine Tasche", bat ich, als ich ihre nackte Pussy zum

ersten Mal sah. Ihre Schamlippen waren appetitlich, rosa und glänzten mit ihrer Erregung.

Auf ihre andere Seite greifend zog Cross die Tasche auf seinen Schoß und die Gegenstände, die ich hergestellt hatte, heraus. Die Winter waren lang im Montana Territorium und ohne eine Frau, die uns warmhielt, hatte ich herausgefunden, dass die Holzverarbeitung ein Hobby war, in dem ich ziemlich gut war. Ich fertigte an der Drehbank viele Dinge für meine Freunde an, die sie an ihren Ehefrauen verwendeten. Dildos und Analstöpsel in verschiedenen Formen und Größen, oft sogar nach Vorgabe. Ich hatte auch einige für unsere zukünftige Braut hergestellt, so dass wir mit ihr spielen konnten, allerdings war bist jetzt keines davon genutzt worden.

„Wofür sind die?", fragte Olivia, während sich Falten auf ihrer Stirn formten. Simon hatte ihre Beine noch nicht freigegeben, was gut war, da sie sich so in der perfekten Stellung befand. Cross hielt einen dünnen, langen Dildo hoch, um ihn mir zu zeigen und ich nickte.

„Hier. Nimm das", befahl ihr Cross, während er ihn vor sie hielt.

Olivia nahm das hölzerne Objekt und betrachtete es eingehend. Es war aus dunklem Holz gefertigt, sehr glatt und sehr schmal, nur so breit wie mein kleinster Finger, also viel kleiner als einer unserer Schwänze. Ich hatte ihn allein für diese besondere Gelegenheit angefertigt, damit sie selbst ihr Jungfernhäutchen durchbrechen konnte, während wir zuschauten. Keiner von uns wollte ihr Schmerzen bereiten und wenn sie es erst einmal mit dem Dildo durchbrochen hatte, konnten wir sie ohne Angst ihrerseits nehmen. Nur Vergnügen.

Cross legte seine Handfläche auf ihren Unterleib und seinen Daumen direkt über ihrer rosa Perle. Wir konnten sie jetzt alle deutlich sehen und Olivia schrie bei seiner Berührung auf. Ihre Hand packte den Dildo so fest, dass ihre Knöchel weiß hervortraten.

„Ich habe viele Dinge hergestellt, die dir Vergnügen

bereiten werden. Jetzt wirst du dich selbst mit dem Dildo ficken, Liebes, und dein Jungfernhäutchen durchbrechen."

„Aber...oh Gott", stöhnte sie, da Cross gute Arbeit darin leistete, ihr Erregungslevel zu steigern, sie war allerdings auch ziemlich empfindlich und sehr reaktionsfreudig. Ich begann wieder mit ihren Brüsten zu spielen, da ich wollte, dass sie vollständig den Verstand verlor und nur noch fühlte. Ich wollte, dass sie sich selbst ficken *wollte*. „Ich dachte, ich dachte, einer von euch würde das tun."

„Das werden wir bald", knurrte Simon, der sich kaum noch beherrschen konnte. Allein ihren Körper von oben nach unten zu betrachten, war reine Folter – geöffnete Lippen, langer Hals, straffe Brüste mit aufgerichteten Spitzen, ein weicher Bauch und volle Hüften, eine glatte und entblößte Pussy, dann noch Cross' Daumen, der über ihre schlüpfrige Klitoris streichelte. Sie war alles, von dem ich geträumt hatte und noch mehr. Einzig eine winzige Barriere stand uns nach wie vor im Weg.

„Er wird mühelos in dich eindringen", murmelte ich. „Wenn diese Barriere erst einmal weg ist, werden wir dich ficken. Einer nach dem anderen."

„Ich bin zuerst dran, Mädel, und ich kann es kaum erwarten. Kannst du meinen Schwanz an deinem Rücken spüren?"

Simon nahm ihre Hand und veränderte ihren Griff an dem Dildo so, dass sie ihn wie einen kleinen Speer hielt und setzte ihn an ihrer feuchten Pussy an.

„Wird es wehtun?", fragte sie mich, wobei sie ihren Kopf zur Seite neigte und ihre Augen ängstlich dreinblickten. Cross bearbeitete weiterhin ihren Kitzler und ihre Augen schlossen sich. Ich küsste ihre Lippen, denn wie könnte ich nicht, dann flüsterte ich: „Falls es wehtut, dann nur für einen kurzen Moment. Wir werden dich beobachten, Liebes, werden beobachten, wie du dich für uns bereit machst. Es wird so wunderschön sein."

„Jetzt, Mädel."

11

LIVIA

Ich war so überwältigt! Während meines Bades hatte ich einige Minuten nur für mich gehabt, in denen ich darüber nachgedacht hatte, was als nächstes mit den Männern passieren würde. Sie würden meine Jungfräulichkeit nehmen und dann waren sie mehr oder weniger die Treppe hochgetrampelt, hatten sich die Klamotten vom Leib gerissen und wie Höhlenmenschen gegen ihre Brust getrommelt. Ich hatte auf einen Ehemann gehofft, der mich vergöttern und mir Aufmerksamkeit und Zuneigung entgegenbringen würde und Cross, Simon und Rhys machten all das. Ihre eifrigen Zuwendungen waren etwas, an das ich mich erst noch gewöhnen musste.

Sie wollten mich! Nicht einmal einer sehr unschuldigen Jungfrau wie mir konnte diese Tatsache entgehen. Obwohl ich heute bereits ihre Schwänze in der Hand gehabt hatte, war es eine völlig andere Sache, sie nackt und vollständig erregt zu sehen. Einen kräftigen, gut gebauten Mann mit einem

Schwanz zu sehen, der groß genug war, um sich nach oben zu biegen und praktisch seinen Bauchnabel zu berühren, war beeindruckend, aber ich hatte drei. Drei! Drei Männer und drei Schwänze.

Simon war bullig und breit und sehr, sehr groß. Überall. Sein Schwanz war rot, die Spitze angeschwollen und wirkte fast wütend. Rhys, der genauso dunkel war, war schlanker, größer und sein Schwanz schien länger zu sein, was unmöglich hätte sein sollen, da ich nicht glaubte, dass Simons auch nur im Entferntesten klein war. Cross hatte helle Haare und Haut, feste, wohldefinierte Muskeln und ein helles Nest Haare an der Wurzel seines Schwanzes, das ihn so sehr von den anderen zwei unterschied. Das waren nur ihre Körper. Ihre Gesichtsausdrücke wirkten fast raubtierhaft, als ob sie vorhätten, mich einzukreisen, sich anzupirschen und mich dann zu nehmen.

So wie mein Körper bei dieser Vorstellung heiß wurde und sich meine Nippel bei dem Gedanken zusammenzogen, wollte ich es. Ich wollte *sie*.

Ich hatte aber auch...Angst.

Ich hatte meine Angst völlig vergessen, als Simon meine Beine offengehalten hatte, damit sie mich rasieren konnten. Wenn es ihr Ziel war, mich aus dem Gleichgewicht zu bringen, dann funktionierte das, denn ich hatte mir so etwas nie auch nur vorgestellt, aber Rhys Worte und dann seine Hände auf meinen Brüsten hatten mich abgelenkt. Alles, was sie taten, lenkte mich ab!

Als er fertig war, begann Cross mich nur mit seinem Daumen und an einer sehr spezifischen Stelle zu berühren. Er umkreiste und umkreiste dieses winzige Nervenbündel, das Vergnügen bis in meine Finger, Zehen, Nippel und jeden Teil meines Körpers schickte. Selbst da, als ich auf Cross' steifen und langen Schwanz zwischen seinen Beinen blickte, hatte ich gedacht, dass er sich nach vorne beugen und in mich eindringen würde, aber stattdessen hatten sie eine schmale hölzerne Apparatur – sie hatten es einen Dildo genannt – hervorgezogen, damit ich selbst mein Jungfernhäutchen durchbrach.

Meine inneren Wände zogen sich zusammen, als sie mir Anweisungen erteilten und dann wieder, als Cross meine Hand führte und dieser hölzerne Phallus meine Öffnung berührte. Meine frisch rasierte Haut fühlte sich dort kühl, glatt und sehr, sehr nackt an. Ich beobachtete, wie der Dildo Stück für Stück verschwand, als er mich langsam zu füllen begann. Mein Körper zog sich um zusammen, aber er war nicht so groß wie die Schwänze der Männer und ich war frustriert. Als ich in der Lage war, ihn mühelos und so weit hineinzuschieben, wusste ich, dass etwas nicht stimmte. Ich hatte gehört, dass es beim ersten Mal wehtat, dass irgendeine Membran im Inneren zerriss und blutete. Ein Mann erwartete, dass seine Braut eine Jungfrau war und diese Barriere war das wahre Zeichen, der offizielle Beweis, dass sie unberührt war.

Meine Augen weiteten sich überrascht, als die Seite meiner Hand gegen meine nackte Haut stieß.

„Es...es hat nicht wehgetan."

Irgendetwas stimmte nicht mit mir und sie würden denken, ich sei eine Hure!

Ich ließ den kleinen Griff des Dildos los und packte Cross' Unterarm. Ich musste ihn dazu bringen, dass er es verstand, da er von seinem Platz aus sehen konnte, was passierte.

„Ich bin eine Jungfrau, wirklich." Ich versuchte, mich aufzusetzen, aber Simons Griff auf meinen Beinen verhinderte das. Langsam zog Cross den Dildo heraus und ich keuchte wegen der Empfindungen, die das harte Holz auslöste, während es über meine inneren Wände rieb. Er hielt ihn hoch, er war benetzt mit meiner glänzenden Erregung, aber nicht mit jungfräulichem Blut.

„Cross, bitte, du musst mir glauben!", schrie ich. Ich zerrte an Simons Griff an meinen Beinen, woraufhin er mich losließ und ich mich aufrecht hinsetzte. Es gab nichts, mit dem ich mich bedecken könnte und ich konnte der dominanten Anwesenheit der drei großen, erregten Männer nicht entkommen. Ich konnte an ihren Gesichtern nicht ablesen, was sie dachten. Dachten sie, ich hätte sie reingelegt? Tränen traten mir in die Augen – ich konnte sie nicht zurückhalten – und rannen über meine Wangen.

Simon ergriff meinen Arm und zog mich an sich, seine Haut war so warm und ich konnte seinen Schwanz spüren, der gegen meinen Bauch stupste.

„Wir glauben dir, Mädel", sagte er und wischte meine Tränen mit seinen Daumen weg.

Ich runzelte die Stirn. „Wie? Sollte da nicht Blut sein?"

Rhys zuckte mit den Schultern, aber schien nicht wirklich besorgt zu sein. „Ich glaube, manchmal ist es einfach so. Hast du dich jemals zuvor selbst dort berührt? Einen Finger hineingesteckt oder etwas wie den Dildo benutzt? Es ist in Ordnung, wenn du das getan hast, denn dann würde ich wollen, dass du dich zurücklegst und uns zeigst, wie du dich selbst befriedigst."

Ich schüttelte meinen Kopf. „Nein. Ich habe mich nie auf solche Weise berührt. Nur…nur mit euch habe ich so etwas gefühlt."

Alle drei Männer lächelten und ich spürte, wie die Angst, die Kälte verschwand.

„Ihr seid nicht wütend?", hauchte ich.

„Nein, Mädel. Das ist sogar viel besser, denn jetzt können wir dich so nehmen, wie wir wollen."

„Ich dachte, dass hättet ihr bereits die ganze Zeit getan", entgegnete ich. „Ihr habt mich sogar rasiert."

„Ja, aber wenn dein Jungfernhäutchen noch dagewesen und gerissen wäre, wärst du sehr wund gewesen. Bist du wund, Mädel?"

Ich schüttelte meinen Kopf. Ich war…erregt.

„Dann wird das eine lange Nacht werden, da unsere Schwänze begierig darauf sind, dich zu füllen, dich zu markieren und zu der Unseren zu machen." Simon und Cross tauschten die Plätze und ich erinnerte mich daran, dass Simon gesagt hatte, er würde der Erste sein.

Cross neigte mich in seinem Arm nach hinten, um mich zu küssen. Seine Zunge schob sich direkt in meinen Mund und ich schmeckte mich selbst auf seiner Zunge Es war so erregend, das Aroma meiner eigenen Lust zu schmecken. Seine Hand lag in meinem Genick, hielt mich genau so, wie er es wollte, und er überwältigte mich. Sein eigenes Verlangen zeigte sich in seinen Berührungen, seinem Kuss, in jedem Atemzug.

Als er sich von mir löste, kam sein Atem stoßweise. „Leg dich jetzt zurück und erlaube uns, über dich herzufallen."

Ich war so erleichtert, dass sie mir glaubten, dass ich, ohne Fragen zu stellen, tat, worum ich gebeten worden war. Der Kuss hatte dabei auch geholfen. Ich wollte sie zufriedenstellen und ich regte mich offensichtlich auf, wenn ich das nicht konnte oder wenn ich einen Makel an mir selbst entdeckte, wegen dem sie mich für unzureichend halten könnten. Aber Cross' Mund war rot und feucht von unserem Kuss und in seinen Augen lagen geheime Versprechen, die ich kennenlernen wollte. Der einzige Weg das zu tun, war sich zurückzulegen und es mir von ihnen beibringen lassen.

Alle drei bewegten sich, um mir Platz zu machen und Cross küsste mich ein weiteres Mal, während Rhys seine Aufmerksamkeit wieder meinen Brüsten zuwandte – er schien leicht auf sie fixiert zu sein – und Simon schob mit seinen Händen meine Schenkel auseinander und glitt mit seiner Zunge über die Stelle, die Cross' Daumen gerieben hatte.

Sie waren definitiv Krieger, sie alle, da sie sich mit all ihrer Energie der Aufgabe widmeten und wenn sie ihren Gegner bezwingen wollten, konnten sie das allein mit ihrem bloßen Willen tun. Ich war zwar nicht der Feind, aber sie belagerten mich definitiv und ich konnte meine Verteidigung nicht aufrechterhalten, nicht dass ich es überhaupt wollte. Mein Kopf fiel zurück und meine Augen schlossen sich, als das fantastische Zwicken an meinen Nippeln meinen Körper in Brand setzte. Ein Schweißfilm überzog meine Haut, während sie mich wieder zu diesem Punkt süßen Vergnügens führten. Sie hatten mich mittlerweile mehrere Male dorthin gebracht und ich erkannte, wie es sich kurz davor anfühlte. Ich schrie auf und konnte spüren, wie sich mein Bauch zusammenzog, meine Knie drückten gegen Simons dunklen Kopf, da ich nicht wollte, dass er sich von diesem Lustpunkt entfernte. Ich wollte, dass er genau...dort...blieb...und...mich...ein...weiteres... Mal...leckte. Ja!

Ich schrie meine Lust hinaus, jeder Muskel in meinem Körper spannte sich an, mein Rücken wölbte sich vom Bett, meine inneren Wände zogen sich um nichts zusammen...der dünne Dildo hatte mich nur kurz gereizt. Sie stoppten ihre Aufmerksamkeiten nicht, nur Cross hörte auf mich zu küssen, aber stattdessen streichelte er sanft mit einer Hand über meine Haare und murmelte mir leise zu.

Du bist so wunderschön. Ich liebe es dabei zuzuschauen, wie du kommst.

Ich spürte, wie sich das Bett senkte, kurz bevor Simons Knie meine Schenkel weit auseinander stieß, während er sich zwischen meinen Hüften niederließ und sein Schwanz über meine glatte Weiblichkeit glitt. Ich kam immer noch, die fantastischen Empfindungen ließen mein Herz schneller pochen, das Blut rauschte in meinen Ohren, während die große Spitze meine Öffnung dehnte, als er sich langsam nach vorne schob.

„Ja!", schrie ich, da meine inneren Wände jetzt etwas hatten, das sie drücken konnten.

„Meine Güte, du bist so verdammt eng."

Ich schaute zu Simon hoch, seine Augen waren so dunkel, dass sie fast schwarz wirkten. Seine Haare fielen über seine Stirn, sein Gesicht war erstarrt und sein Hals angespannt. Er stützte sich auf seinen Unterarmen, die Haare auf seiner Brust kitzelten meine Brüste und quälten meine Nippel. Rhys und

Cross beobachteten uns, ihre Hände streichelten ihre Schwänze.

Langsam glitt Simon in mich, einen köstlichen Zentimeter nach dem anderen. Auch wenn ich gerade erst zum Höhepunkt gekommen war, brachte die neue Empfindung, so weit gedehnt und immer tiefer gefüllt zu werden, meine Erregung zum Kochen. Mein Körper war weich und nachgiebig und ich hob meine Beine zu Simons Hüften, wodurch ich ihm mehr Platz gewährte, um noch tiefer einzudringen. Endlich stießen seine Hüften gegen meinen Po und er füllte mich vollständig.

Meine Augen weiteten sich bei diesem Gefühl und er beobachtete mich aufmerksam.

„Bereite ich dir Schmerzen?", fragte er, wobei seine Stimme so düster und rumpelnd war wie ein Gewitter.

Ich schüttelte meinen Kopf und zog mich um ihn herum zusammen, testete meinen Körper.

„Nein, tu das nicht, außer du willst, dass ich mich bewege."

Ich grinste und machte es wieder. Er stöhnte und knirschte mit den Zähnen. „Ich will, dass du dich bewegst."

Seine Augen öffneten sich abrupt und er grinste, sein strahlendes Lächeln kombiniert mit dem dunklen Versprechen in seinen Augen weckten eine große Begierde in mir.

„Ich *brauche* es, dass du dich bewegst, Simon."

Also tat er das, zuerst langsam, aber als ich meinen Rücken durchbog, um ihm zu begegnen und mein Becken seinen Stößen entgegen neigte, hielt er sich nicht mehr zurück.

Ich schlang meine Beine um seine Taille und hielt mich an seinen Schultern fest. „Ja!", schrie ich, während sein Schwanz über neue Stellen tief in mir rieb, was mich innerhalb von Sekunden zurück zum Höhepunkt brachte. Er rieb bei jedem Stoß über meine Klitoris und ich zerbrach einfach, kam wieder, während Simon sich weiterhin bewegte. Es war so viel besser als jemals zuvor. Die Art und Weise, wie sein Körper meinen zum Höhepunkt bringen konnte, und das Wissen, dass es passierte, weil wir miteinander verbunden waren, dass sein

Schwanz so tief in mir war, waren atemberaubend. Ich spürte, wie mein Körper weich und sogar noch feuchter wurde, das Geräusch unserer Verbindung war laut. Simons Atem war abgehackt und plötzlich versteifte er sich, versenkte sich vollständig in mir und stöhnte. Ich fühlte seinen heißen Samen und wie der dickliche Erguss, den ich erst heute Morgen aus ihm gestreichelt hatte, meinen Schoß flutete, mich benetzte und markierte. Es bestand kein Zweifel, dass ich zu ihm gehörte.

Er küsste mich sanft, sein Atem mischte sich mit meinem, während er sich beruhigte. Obwohl er immer noch in mir war, konnte ich die Feuchtigkeit spüren, die an ihm vorbei floss und als er sich herauszog, wimmerte ich.

„Ich bin sprachlos, Mädel", sagte er und richtete sich vor mir auf. Ich war zu befriedigt, um meine Beine zu schließen, als ich auf seinen Schwanz sah, der von unseren kombinierten Flüssigkeiten glatt und feucht und immer noch hart war. Sein Gesicht hatte diese Anspannung verloren und sein Lächeln war sanft. Er wirkte befriedigt und ich spürte einen Anflug von...etwas, weil ich wusste, dass ich diejenige war, die ihn in diesen Zustand versetzt hatte.

Rhys entfernte sich vom Bett, um sich vor mich zu stellen. Aus der Spitze seines Schwanzes quoll eine klare Flüssigkeit, als er die Wurzel umfasste. „Ich liebe diesen Anblick. Unsere Ehefrau befriedigt von einem Orgasmus, unser Samen überall auf deiner hübschen Pussy. Ich bin dran, Liebes."

Er ließ sich zwischen meinen Schenkeln nieder, wobei sein Schwanz gegen meinen Innenschenkel stupste. Auf seine Hand gestützt blickte er auf mich hinab. „Wund?"

Ich schüttelte meinen Kopf, gierig und bereit für ihn. Er nahm ein Bein und hob mein Knie hoch zu seiner Hüfte, brachte seinen Schwanz vor meinem Eingang in Stellung und glitt mit einem langen, glatten Stoß vollständig in mich.

„Oh!", keuchte ich. Dieser Winkel war anders als der, in dem Simon in mich eingedrungen war. Rhys' Schwanz fühlte sich anders an und als er anfing, sich zu bewegen, erkannte ich, dass er auch anders vögelte. Simon war sanft gewesen, vielleicht hatte er wegen seiner Größe Angst gehabt, mich zu verletzen. Als er jedoch seine niederen Instinkte hatte übernehmen lassen, war er grober geworden, aber selbst dann hatte er mir nicht wehgetan.

Rhys' Bewegungen waren überlegter, als ob er genau wüsste, wie er seinen Schwanz einsetzen musste, um mir so schnell wie möglich Vergnügen zu bereiten. Er war fast rücksichtslos in seiner Aufmerksamkeit, seinen präzisen Bewegungen. „So heiß und feucht. Du fühlst dich unglaublich an."

Ich lächelte ihn an und er senkte seinen Kopf, um mich zu küssen, während sich seine Hüften bewegten und er mich immer wieder füllte.

„Du wirst für mich kommen."

Er sagte es, als ob ich keine Wahl hätte. Vielleicht hatte ich das auch nicht, da er seinen Schwanz wie eine Waffe einsetzte und ich war machtlos gegen sie. Ich konnte nichts tun, als nachzugeben, also tat ich das. Als ich mich anspannte und versuchte ihn in mir zu behalten, kam er mit einem scharfen Stoß, ein kehliger Laut entwich seinen Lippen, die fest auf meinen lagen.

Als er sich aus mir zog, glitt ein Schwall Samen aus mir und er stellte sich vor mich, genauso wie es Simon getan hatte, stolz auf diese Tatsache.

„Jetzt ist Cross an der Reihe, Mädel. Du willst schließlich nicht, dass er sich vernachlässigt fühlt, oder?" Simon saß am Bettrand, sein Rücken lehnte an dem aus Kupferstangen bestehenden Fußende. Nur Cross wirkte von den dreien noch angespannt und ich wusste jetzt warum.

„Hoch", befahl Cross.

Langsam, da meine Muskeln so weich und locker wie zähes Karamell waren, rappelte ich mich auf meine Knie, während der Samen meine Schenkel hinabrann. Cross sah nach unten und glitt mit einem Finger durch die Feuchtigkeit. „Ich werde noch mehr hinzufügen", schwor er.

Er begab sich zum Kopfende des Bettes und setzte sich mit dem Rücken gegen die Kissen. „Wie gut bist du im Pferdereiten?", fragte er.

Ich runzelte verwirrt meine Stirn. „Ziemlich gut."

Er grinste und streckte seine Hand aus. „Gut. Betrachte mich als deinen Deckhengst und reite mich."

Ich blickte hinab auf Cross' Schwanz, dick und erigiert und bereit zum Ficken.

„Setz dich rittlings auf seine Beine", wies mich Rhys an.

Ich nahm Cross' Hand und krabbelte das Bett hoch, so dass ich meine Knie auf jeder Seite seiner Hüften platzieren konnte.

„Senke dich auf meinen Schwanz."

Um das Gleichgewicht zu wahren, legte ich eine Hand auf seine Schulter und blickte dann in Cross' helle Augen, während ich meine Hüften so bewegte, dass die Spitze seines Schwanzes über mich glitt und dann an meiner Öffnung ruhte. Mit all dem Samen der anderen Männer in mir war es nicht schwer, mich auf ihn zu senken. Meine Augen weiteten sich, als er hochkam und in mich eindrang. Das war so anders, als wenn ich auf dem Rücken lag. Ich konnte Cross ansehen, seinen Gesichtsausdruck betrachten, während mein Körper ihn akzeptierte und sich für ihn öffnete. Als er mich vollständig ausfüllte, saß ich komplett auf seinen Schenkeln und wir stöhnten beide.

„Jetzt, Olivia. Bitte. Ich war geduldig, aber ich bin es nicht länger, denn du fühlst dich zu gut an. Reite mich und reite mich hart. Ich will sehen, dass sich deine Brüste währenddessen bewegen, ich will dich kommen sehen."

Vorsichtig erhob ich mich ein wenig, während ich auf meine Lippe biss, da ich das richtig machen wollte. Ich sah die Hitze in Cross' Augen aufflackern. Als ich ihn wieder in mir aufnahm, stieß ich mit meiner Klitoris gegen seinen Körper und stöhnte, bewegte meine Hüften und rieb mich fast an ihm.

Ich wollte nicht nur gefüllt werden, sondern auch meine Klitoris massiert bekommen. Die Kombination setzte mich in Bewegung. Ich hatte keine Wahl, da mein Körper die Führung übernahm, mein Begehren ersetzte meine Gedanken und daher bewegte ich mich blind, gedankenlos so, wie es sich gut anfühlte.

Ich wusste, dass uns die anderen Männer beobachteten. Ich wusste, ich nahm mir von Cross, was ich wollte. Ich wusste, sie könnten mich für verdorben halten, aber das war mir egal. Meine Brüste hüpften, während ich mich so aggressiv bewegte. Ich war bereits zweimal gefickt worden und wusste, sie waren leidenschaftliche Männer und dass sie ihrer Leidenschaft freien Lauf gelassen hatten. Und daher benutzte ich jetzt Cross' Schwanz immer und immer wieder für meine Bedürfnisse, bis ich schrie und seine Schultern so hart packte, dass ich sicherlich Abdrücke hinterließ.

Meine Augen öffneten sich bei der Intensität des Winkels und der Art, wie er über neue Stellen rieb.

Cross zischte. „Sie melkt meinen Schwanz. Ich kann mich nicht zurückhalten. Nimm es, Liebes, nimm alles", knurrte Cross.

Er stieß seine Hüften nach oben und gegen mich, füllte mich wie ein Geysir, explodierte in meinem Schoß, flutete mich mit seinem eigenen Schwall heißen Samens. Ich fiel nach vorne auf seine Brust, meine verschwitzten Brüste und Bauch glitten feucht über ihn. Ich versuchte zu Atem zu kommen, während ich seinem Herzschlag lauschte, der sich langsam beruhigte. Ich konnte nichts tun, überhaupt nichts, da ich von dem Vergnügen völlig erschöpft worden war. Ich wusste nicht, wessen Hände meinen Rücken streichelten und es war mir egal, da ich wusste, dass sie mich, auch wenn sie Individuen waren, als Einheit erobert hatten. Obwohl nur die Hand eines Mannes auf meinem Rücken lag, so beruhigten sie mich doch alle. Das war mein letzter Gedanke, als ich in den Schlaf glitt.

12

IMON

„GUTEN MORGEN, Mädel."

Olivia regte sich in meinen Armen, ihr Arsch rieb an meinem bereits harten Schwanz. Nachdem sie eingeschlafen war, hatte ich sie unter die Decken gezogen und mich hinter ihr niedergelassen, wobei ich einen Arm über ihre Taille gelegt und meine Hand ihre Brust perfekt umfasst hatte. Ich hätte Probleme beim Schlafen haben sollen, da ich nicht daran gewöhnt war, ein Bett zu teilen, aber ich hatte entdeckt, dass sie sicher an mich gekuschelt zu haben, genug war, um mich in einen tiefen Schlaf zu befördern. Ich war daran gewöhnt, von Alpträumen aufgeweckt zu werden, die Laken um meinen verschwitzten Körper gewickelt, während ich mit einem Stöhnen oder Schluchzen aufwachte, aber meine Nacht war ruhig gewesen, mein Verstand mit sich im Reinen.

Sie versteifte sich kurz und dann, als sie erkannte, wo sie sich befand und wer sie hielt, entspannte sie sich. „Hallo", erwiderte sie mit schüchterner Stimme. „Wo sind die anderen?"

„Wir werden nicht die ganze Zeit zusammen sein. Sie schlafen in ihren eigenen Betten."

„Ihr werdet euch mit mir abwechseln?"

Ich zuckte mit den Schultern und runzelte dann bei der Vorstellung die Stirn. „Bei dir klingt das so, als ob du ein Spielzeug und wir ein Horde Kinder wären."

Sie drehte sich in meiner Umarmung, um zu mir hochzuschauen, ihre hellen Augen waren klar und Humor funkelte in ihnen. „Ja, ich glaube, das ist eine angemessene Beschreibung."

Ich konnte nicht anders, als sie auf den Rücken zu drücken und mich über sie zu stemmen. Während wir uns regten, wirbelte ihr süßer Duft zusammen mit dem Geruch von Sex um uns. Es war eine berauschende Mischung, die mich daran erinnerte, wie weich und kurvig und feminin sie war und auch daran, dass sie eine kleine Femme Fatale war, mit der wir in der vergangenen Nacht allerlei Dinge getan hatten.

„Willst du mich nicht kennenlernen?", fragte ich.

Sie nickte in ihr Kissen. „Du bist der Muskulöse." Sie fuhr mit ihrer kleinen Hand über meine Brust und ich zog meine Bauchmuskeln ein, während ihre Hand weiter nach unten wanderte, aber meinen Schwanz nicht berührte. Sie war noch nicht zielstrebig in ihrem Verlangen, aber sie würde es noch früh genug werden. „Ich glaube auch, dass du der Grübler bist, derjenige, der sich die meisten Sorgen macht."

Sie war einfühlsam und deswegen sah ich weg aus Angst, dass sie all die Antworten in meinen Augen entdecken könnte. Auch wenn Rhys im Regiment Grausamkeiten gesehen hatte, so war er an dem Tag, an dem Evans diese Familie abgeschlachtet hatte, nicht dabei gewesen. Ich hingegen hatte es gesehen und das ging mir immer noch nach. Obwohl das Verbrechen unserem Freund, Ian, angehängt worden war, verfolgten die Ereignisse mehr als nur ihn um die halbe Welt.

„Ich nehme meine Verantwortungen ernst, wie du weißt, und sie schließen jetzt dich mit ein. Bist du wund?" Ich stemmte mich weit genug nach oben, so dass ich auf ihren nackten Körper blicken konnte. Ihre Brüste mit den korallfarbenen Spitzen bettelten förmlich darum, geleckt und verwöhnt zu werden. Die Haut zwischen ihren Schenkeln war jetzt nackt und glatt und sehnte sich sicherlich schmerzhaft danach, gestreichelt zu werden.

Sie umfasste mein Kinn und zwang meinen Kopf wieder nach oben, um ihrem ruhigen Blick zu begegnen. „Du wechselst das Thema. Du musst mich nicht vor allem beschützen", erwiderte sie.

Mein Herz tat weh, schmerzte richtiggehend bei ihrer einfachen Aussage. Obwohl ich immer Rhys und Cross hatte, die auf mich aufpassten, meldete sich diese winzige Frau freiwillig, ebenfalls meine Beschützerin zu sein.

„Meine kleine Löwin", flüsterte ich. „Mach dir keine Sorgen, Mädel, da es nur meine Träume sind, die mich verfolgen. Genug über mich, du hast meine Frage nicht beantwortet. Bist du wund?"

Sie sah mich für einige weitere Sekunden an und antwortete dann: „Mein Körper schmerzt…dort unten, aber ich bin nicht wund."

„Wenn ich einen Acker pflüge, tut mein Rücken am nächsten Tag auch weh." Ich streiche ihr die dunklen Haare aus dem Gesicht. „Wenn ich deinen Acker pflüge", sie schlug auf meinen Arm und ich grinste, „dann bist du diejenige, die Schmerzen hat."

„Simon", entgegnete sie und verdrehte die Augen.

„Ich wette, du sehnst dich nach meiner Berührung, nach meinem Schwanz."

Sie blickte weg, aber ich drehte ihr Kinn wieder zu mir. „Nein Mädel, jetzt bist du diejenige, die eine schwere Frage beantworten muss. Du musst dich nicht schämen. Dein Körper gehört mir, wenn wir allein sind."

Ihre hellen Augen weiteten sich und sie leckte über ihre Lippen. „Ich…ich fühle mich leer."

Ich konnte das Stöhnen nicht zurückhalten, das mir entwich, und ich bewegte meine Hüften so, dass mein Schwanz über ihren Bauch rieb. „Willst du, dass deine Pussy gefüllt wird?"

Sie biss auf ihre Lippe und blickte mit einem verführerischen Augenaufschlag ihrer dunklen Wimpern zu mir hoch, dann nickte sie schüchtern.

Was meine Ehefrau wollte, gab ich ihr auch.

CROSS

„ICH GLAUBE NICHT, dass drei Tage genügen werden", stellte ich fest, während ich das Geschirr vom Abendessen abwusch. Es waren zwei Tage vergangen, seit wir Olivia auf die Ranch gebracht hatten und morgen würden wir sie mit den anderen teilen müssen, indem wir mit allen zu Mittag aßen. „Emma, Ann und Laurel machen ihre Männer wegen der Warterei bereits sicherlich verrückt."

„Olivia zum Höhepunkt zu bringen, hat für mich größere Priorität als die Neugier der anderen Frauen, sie kennenzulernen, zu befriedigen. Jede von ihnen hat nur zwei Männer. Olivia hat drei. Wir *sollten* einen zusätzlichen Tag bekommen", beschwerte sich Rhys.

„Es ist ja nicht so, als müssten wir sie vollständig aufgeben, wir müssen nur mit ihnen zu Mittag essen", erwiderte Simon. „Ich bin froh, dass ein Koffer für sie in der Stadt abgeholt worden ist, denn jetzt hat sie ein paar ihrer eigenen Sachen. Das Lächeln auf ihrem Gesicht, als Andrew ihn vorbeigebracht hat, war sehr zufriedenstellend. Jetzt wird sie sich in ihren Klamotten wohlfühlen."

Ich stöhnte über die Vorstellung, dass sie wieder bekleidet

war, da sie während der vergangenen zwei Tage überwiegend nackt gewesen war.

„Wir essen zu Mittag, dann bringen wir sie Heim und vögeln sie", fügte Simon noch hinzu.

„Ihr zwei hatte jeder eine Nacht mit ihr." Ich konnte den Unmut in meiner Stimme hören. Zur Hölle, es war nicht mein Unmut, es war einfach unerfüllte Lust. „Ich musste mit dem Wissen, dass sie nackt und warm war...ohne mich, in meinem eigenen Bett liegen. Was zum Teufel hast du mitten in der Nacht mit ihr gemacht?", fragte ich Rhys, dessen Lächeln breit war.

„Sie ging ins Bad und als sie zurückkehrte, beugte ich sie über die Seite des Bettes und fickte sie von hinten. Du hättest dich uns anschließen können. Du hättest ihr beibringen können, wie sie deinen Schwanz blasen soll."

Ich konnte mir mühelos vorstellen, wie Olivia nackt über die Bettseite gebeugt wurde, ihr Hintern in die Höhe gereckt, ihre Beine gespreizt, so dass ihre nackte Pussy sichtbar war, dann wie ich sie nahm. Ich dachte auch an ihren Mund, der weit um meinen Schwanz geöffnet sein würde. Ich stöhnte und wandte mich dann wieder dem Geschirr zu, das ich mit zusätzlichem Elan wusch.

„Das war allerdings nicht das, was du gehört hast", merkte er an. Ich blickte über meine Schulter zu ihm und er erzählte mir jetzt Details, nur um mich zu reizen. Sein Grinsen verriet ihn. „Die Geräusche hat sie gemacht, als ich den Stöpseln in ihren Arsch eingeführt habe. Es war ihr erster. Er war nicht sehr groß, aber sie ist dort eng. Ich ließ ihn in ihr, während ich sie gefickt habe und für den Rest der Nacht. Es wird so umwerfend werden, wenn wir dort mit einem Schwanz eindringen. So verdammt umwerfend und eng."

Ich konnte die Folter nicht länger ertragen. Ich stellte das Geschirr ab, wischte meine Hände an meiner Hose ab und stürmte durch den Flur.

„Vergiss nicht, heute Nacht den nächstgrößeren Stöpsel an

ihr zu verwenden", rief mir Rhys hinterher, während Simon lachte.

„Wir werden sie ab jetzt gemeinsam nehmen. Es gefällt mir nicht, darauf zu warten, bis ich an der Reihe bin", schrie ich zurück.

Zwei Stufen auf einmal nehmend rannte ich zum Badezimmer. Olivia nahm ein weiteres Bad – wir machten sie recht häufig schmutzig – und ich betrat den Raum nach einem kurzen Klopfen.

Sie bedeckte sich dieses Mal nicht. Das bemerkte ich als erstes. Sie hatte ein paar ihrer Hemmungen verloren, aber das Erröten ihrer Wangen deutete darauf hin, dass sie noch an ihrer Unschuld festhielt. Nach dem, was Rhys gestern Nacht mit ihr getan hatte und dem, was ich für heute Nacht plante, würde sie nicht viel länger unschuldig bleiben.

„Ich habe gehört, dass du Rhys' Stöpsel in deinem Hintern aufgenommen hast."

Sie errötete noch tiefer, während sie sich erhob und Wasser über ihren Körper floss. Ich reichte ihr meine Hand, um ihr aus der Wanne zu helfen und schnappte mir währenddessen ein Handtuch und begann sie abzutrocknen. „Nun?", fragte ich.

„Du wirkst wütend."

Ich schüttelte meinen Kopf und kniete mich hin, um ein Bein abzutrocknen, dann das andere. Ihre glatte, nackte Pussy war direkt vor meinem Gesicht und mir lief das Wasser im Mund zusammen, weil ich sie schmecken wollte. „Nicht wütend. Gierig. Gierig nach dir. Heute bin ich an der Reihe, mit dir zu spielen."

„Darf ich jemals mit euch spielen?"

Ich hielt mit meinen Händen auf ihren Beinen inne und sah an ihrem wohlgeformten Körper hinauf, um ihr in die Augen zu blicken. „Hast du nicht die ganze Zeit über gespielt?"

„Ja, aber ihr drei sagt mir immer, was ich tun soll."

Ich fing wieder an, sie abzutrocknen, wobei ich meine Hände nur langsam bewegte, damit ich das Gefühl ihres

Körpers genießen konnte. „Du meinst, du willst die Führung übernehmen."

Sie dachte einen Moment nach. „Ja, vielleicht will ich das."

Ich erhob mich und trocknete ihren Bauch ab, dann ihre Brüste, wo ich mich etwas länger aufhielt. Ich liebte deren volle Form, ihr Gewicht, die Art, wie sich die runden Nippel bei der leichtesten Berührung zusammenzogen. „Dein Hintern-Training steht nicht zur Debatte."

„Aber – "

Ich brachte sie mit einem Finger auf ihren Lippen zum Verstummen.

„Willst du nicht, dass wir drei dich zur gleichen Zeit nehmen?"

Ich zog meinen Finger weg und sie antwortete: „Doch."

„Dann müssen wir deinen Hintern darauf vorbereiten, einen Schwanz aufzunehmen. Du weißt, dass wir groß sind. Wir wollen dir nicht wehtun. Erinnre dich daran, nichts als Vergnügen." Da das geklärt war, fuhr ich fort: „Wir werden den nächstgrößeren Stöpsel in deinen fantastischen Hintern einführen und dann kannst du das Kommando übernehmen. Die ganze Nacht lang."

„Der Stöpsel muss so lang in mir bleiben?", fragte sie und hob eine dunkle Augenbraue.

„Zumindest für ein paar Stunden. Ich habe allerdings Bedürfnisse, Liebes, also wenn du das Kommando hast, ist es deine Aufgabe, sie zu befriedigen."

13

LIVIA

„Wie kommst du nur mit drei Männern klar?", fragte Emma, die schwarze Haare und große Augen hatte.

Sie war mit Kane und Ian verheiratet, die uns an ihrer Eingangstür begrüßt hatten. Nach ihren Akzenten zu urteilen, waren die Männer Engländer und Schotte, genauso wie Rhys und Simon und waren dem zufolge, was mir erzählt worden war, im gleichen Armeeregiment gewesen. Ann und Laurel waren genauso daran interessiert, mich kennenzulernen und sie hatten mich in die Küche weg von den Männern gezogen. Ann war blond und zierlich, während Laurel feuerrote Haare und grüne Augen hatte. Sie hatten mich an den Küchentisch gesetzt und angewiesen, Karotten zu schneiden, während sie sich durch die Küche bewegten, kochten, rührten und nachschauten, ob etwas fertig gebacken war.

Ich war nicht sonderlich erfahren in der Küche. Ich konnte eine einfache Mahlzeit für Onkel Allen und mich zubereiten, aber ich könnte kein Essen für fünfzehn Leute kochen, weshalb ich mit der einfachen Aufgabe, die sie mir übertragen hatten, zufrieden war. Nach dem zu urteilen, was sie mir erzählt hatten, nahmen alle auf Bridgewater ihre Mahlzeiten gemeinsam ein – außer wenn eine Gruppe von ihnen heiratete und für drei Tage nicht aus dem Bett kam – und wechselten sich mit dem Kochen und Geschirrspülen ab. Obwohl es für mich etwas seltsam war, dass sie immer in Kanes, Ians und Emmas Haus aßen, war ihres doch das größte und war, wie es schien, nur für diesen Zweck mit einem übergroßen Esszimmer gebaut worden. Die einzigen unverheirateten Männer waren Simons Bruder und ein Mann namens MacDonald, die beide noch nicht zum Mittagessen gekommen waren, als ich davongezerrt worden war. Die Frauen hatten sich heute freiwillig zum Kochen gemeldet, eindeutig, um mich allein zu erwischen und mich mit Fragen zu überhäufen.

„Ich kenne es nicht anders", antwortete ich. Auch wenn ich damit aufgewachsen war, mir einen Ehemann vorzustellen, hatte ich nur Erfahrung darin, mit drei Männern zusammen zu sein.

„Stimmt, aber deine Männer sind ziemlich bedürftig. Bist du nicht müde?", erkundigte sich Ann und errötete dann. Sie war am längsten mit ihren Ehemännern, Robert und Andrew, verheiratet. Sie hatten einen acht Monate alten Sohn, der unter der Aufsicht seiner Väter auf dem Boden gekrabbelt war, die sich mir vorgestellt hatten, als ich an ihnen vorbeigelaufen war. „Du bist bestimmt müde, wenn du mit diesen dreien frisch verheiratet bist."

Sie kicherten alle.

„Brody und Mason ließen mich zwei Tage lang nicht aus dem Bett", erzählte Laurel. Sie hatte im Winter geheiratet und war ihrer Geschichte zu Folge froh, dass sie überhaupt noch lebte, da ihre Männer sie aus einem Schneesturm gerettet hatten.

„Es scheint", begann ich, dann schnitt ich mit einem lauten

Knall durch eine große Karotte, „dass obwohl es ihnen gefällt zu...zu – "

Ich konnte nicht weiter reden, da es schon schwer genug war, sich an die Intimität mit den Männern zu gewöhnen, noch schwieriger war es jedoch, mit diesen Frauen darüber zu sprechen.

„Du kannst es uns verraten. Wir sind hier auf Bridgewater sehr offen", ermutigte mich Emma. „An meinem ersten Tag auf der Ranch rasierten Kane und Ian meine Pussy und steckten einen Stöpsel in meinen Hintern, während Laurels Ehemann direkt vor der Tür stand."

Mein Mund klappte auf. „Vor der – "

Laurel nickte und verdrehte die Augen. „Er hat nichts gesehen. Wenn wir Zuneigungen benötigen, machen unsere Männer uns zu ihrer Priorität."

Ich runzelte die Stirn. „Ich denke, meine drei sind privater. Obwohl sie mich gerne teilen, gefällt es jedem von ihnen auch, Zeit mit mir allein zu verbringen", gab ich zu. „Das ist der Grund, warum es drei Tage waren. Auch wenn sie...mich gemeinsam genommen haben", ich errötete, aber fuhr fort, „wollten sie Zeit mit mir allein."

„Siehst du? Sie sind bedürftig", meinte Ann.

„Bist du glücklich?", fragte Emma. Das Weinen eines Babys erklang aus dem Obergeschoss und sie lächelte. „Ellie ist wach."

„Musst du sie nicht holen?"

Emma schüttelte ihren Kopf und begann das Mieder ihres Kleides zu öffnen. „Nein. Kane und Ian sind völlig vernarrt in sie. Ein kleines Wimmern und schon sehen sie nach ihr. Einer von ihnen wird sie nach unten zu mir bringen, da sie Hunger hat. Also, bevor sie hierherkommen, bist du glücklich?"

Ich dachte darüber nach. Rhys, Cross und Simon waren nichts anderes als nett zu mir gewesen. Aufmerksam, rücksichtsvoll, aggressiv, dominant, leidenschaftlich... Die Liste war lang, aber keiner von ihnen hatte etwas getan, dass ich nicht wollte, außer vielleicht mir einen der Stöpsel in den Hintern zu schieben, die Rhys angefertigt hatte, aber ansonsten...*war* ich glücklich.

„Bis jetzt, ja", antwortete ich, da ich davon ausging, dass das eine sichere Antwort wäre. Trotzdem nagte Besorgnis an mir, denn die Männer waren ziemlich verschlossen. Sie wussten so viel mehr über mich als ich über sie. Das könnte sich mit der Zeit ändern, aber nicht, wenn sie mir nichts erzählten.

„Ich habe das Gefühl, dass sie alle eine schwierige Vergangenheit hatten", mutmaßte ich.

Wir hörten gleichzeitig schwere Schritte und Babysprache.

„Das sind dann Ian und Ellie", sagte Emma lächelnd, während sie an ihrem Kleid zupfte und zog, so dass ihre Brust frei lag. „Er ist ein großer, muskulöser Mann, aber sobald er sich seiner Tochter nähert, schmilzt er dahin."

Ian trat mit einem Baby in seinen großen Armen in die Küche. Obwohl Ellie drei Monate alt war, wirkte sie winzig in den Armen eines solch großen Mannes. Er summte ihr etwas in einer anderen Sprache zu, vielleicht Gälisch. Er küsste die dunklen Haare des Babys, die fast die gleiche Schattierung hatten wie die ihrer Mutter, dann reichte er sie weiter. Emma legte sie an ihre Brust. Ian beobachtete seine Frau und Baby für einen Moment, beugte sich zu ihnen und küsste Emma fast ehrfürchtig auf den Scheitel, dann ging er.

Emma mit einem ihrer liebevollen Ehemänner zu beobachten, machte mich sehnsüchtig. Auch wenn Onkel Allen mich verwöhnt und geliebt hatte, hatte er nebenbei eine geheime Familie gehabt, eine, in die er mich nicht hatte einbeziehen wollen. Ja, ich war von Anfang an mit den Tannenbaums bekannt gewesen, war sogar mit ihrem Sohn, Tyler, der vor einem Jahr nach Billings gezogen war, befreundet gewesen.

Tyler war zwei Jahre älter als ich und wir waren zusammen aufgewachsen. Seine Eltern vergötterten ihn, aber die Tannenbaums waren nicht seine einzigen Eltern. Er hatte auch

Onkel Allen. War er Tylers Vater und ich hatte es nie gewusst? Sie hatten mich in all dieser Zeit im Dunkeln gelassen. Tyler wusste bestimmt von der Beziehung seiner Eltern – zwei Väter und eine Mutter, vielleicht hatte er sogar gewusst, dass wir Cousins waren – wohingegen ich nichts gewusst hatte. Meine Eltern waren bei einem Unfall mit der Postkutsche gestorben und hatten mich auf ihrem Weg nach Bozeman zurückgelassen.

Da ich nun von Onkel Allens geheimem Leben erfahren hatte, fühlte ich mich irgendwie betrogen, als ob ich die ganze Zeit eine Außenseiterin gewesen wäre.

Ich fühlte mich auch jetzt wie eine Außenseitern, während ich Emma, Ian und ihr Baby beobachtete. Ein Band bestand zwischen ihnen und auch mit Kane. Die anderen Frauen hatten einen Platz auf der Ranch, jede von ihnen führte ein liebevolles Leben mit ihren Männern. Aber ich? Ich war verloren. Ich fühlte mich...fremd und belanglos. Ich wusste nicht wirklich etwas über Rhys, Cross oder Simon, was dazu beitrug, dass ich mich noch unwohler fühlte.

Nachdem Emma das Baby zum Stillen angelegt hatte, blickten die Frauen einander an und dann zu mir. Die Mahlzeit war vergessen, zumindest für den Moment. „Du hast nach ihrer Vergangenheit gefragt. Ich denke, sie haben alle schreckliche Dinge erlebt, vor allem Ian." Emma wirkte sowohl wehmütig als auch wütend, wahrscheinlich weil sie ihren Mann vor der Bürde seiner Vergangenheit beschützen wollte, es aber nicht konnte. „Ich habe ein wenig von dem gehört, was ihnen – Simon und Rhys – in Mohamir geschehen ist, da Ian derjenige ist, der für die Verbrechen, die er nicht begangen hat, gesucht wird", erzählte mir Emma mit bitterer Stimme. „Aber keiner der Männer hat mir Details darüber verraten, was die eigentlichen Verbrechen waren, nur dass ihr Befehlshaber, Evans, unschuldige Leute getötet hat."

„Simon ist neulich nachts wegen eines Alptraums aufgewacht und hat das Wort *alea* gerufen, aber ich weiß nicht, was es bedeutet oder ob es ein Wort in der Sprache des Landes ist oder auch nur ein Name. Als ich gefragt habe, ob es ihm gut ginge, sagte er nur 'mach dir keine Sorgen' und hielt mich fest, während er wieder einschlief." Ich zuckte mit den Achseln. „Er scheint mehr an seiner Vergangenheit knabbern zu haben als die Meisten. Cross ebenfalls. Er war nicht einmal mit ihnen in Mohamir. Er hat eine schreckliche Kindheit angedeutet, aber er erzählt mir einfach nicht mehr."

Sie hatten anscheinend alle ihre Geheimnisse. *Jeder* hatte Geheimnisse vor *mir*.

Laurel wirkte, als würde sie mich verstehen. „Deine Männer sind zurückhaltender, denn wir wissen auch nicht viel. Sie werden es dir mit der Zeit erzählen, wenn sie möchten. Sei einfach für sie da, kümmre dich so gut um sie, wie sie sich um dich. Sie mögen zwar groß und beeindruckend sein, besonders Simon, aber sie haben ihre Schwächen, sie zeigen sie nur nicht so oft."

„Vergiss die Brötchen nicht", erinnerte Emma Laurel, die daraufhin zum Ofen ging, um nach ihnen zu schauen.

„Ihre größte Schwäche ist jetzt Olivia", stellte Ann fest, während sie für Laurel Platz machte und in einem Topf auf dem Herd rührte. „Sie haben deine Feinde als ihre eigenen übernommen."

Als wir für das Mittagessen hier angekommen waren, hatte Rhys jedem davon berichtet, wie wir uns kennengelernt hatten und von der Gefahr für mein Leben durch Mr. Peters. Jetzt fühlte ich mich schuldig, weil meine Männer mich in Wahrheit nicht nur durch die Ehe beschützten, sondern mich auch vor allem, das er tun könnte, verteidigen mussten. Sie hatten meine Bürden angenommen, obwohl sie selbst eine Menge zu tragen hatten. Hatten sie das getan, weil sie sich schuldig fühlten, weil sie von dem Mann, der mein Haus abgefackelt hatte, ein Pferd gekauft hatten?

„Ich bin froh, dass es dich nicht stört, dass der Deckhengst, den sie gekauft haben, von ihm stammt", sagte Laurel, als sie mit einer Handvoll Stoffservietten an mir vorbeilief, die sie auf ein Tablett legte.

Ich hielt mitten im Schneiden inne, das Messer verharrte in der Luft. Auch wenn ich nicht vergessen hatte, dass die Männer das Pferd von Mr. Peters gekauft hatten, hatte ich es doch in den hintersten Winkel meines Gedächtnisses verbannt. Das warf Fragen auf, die ich zuvor nicht bedacht hatte – Fragen, die mir erst jetzt einfielen, da ich verheiratet war und mich auf Bridgewater befand.

Ich erhob mich und schenkte ihnen ein kleines Lächeln, während ich meine Hände abwischte. „Werdet ihr mich kurz entschuldigen?"

Die Frauen sahen mich überrascht an, weil ich abrupt aufstand und mitten in einem Gespräch gehen wollte, aber sie nickten. Ich verließ die Küche und folgte den Stimmen der Männer in den Raum neben der Eingangstür. Bequeme Stühle waren einem nicht entzündeten Kamin zugewandt. Da sich elf Männer in dem Zimmer befanden, saßen sie auf Stühlen, aber lehnten auch an der Wand, entspannt und in lockere Gespräche vertieft. Als sie mich sahen, erhoben sie sich. Obwohl sie mich alle ansahen, lagen nur in den Blicken meiner drei Männer Hitze und Besitzanspruch.

Rhys kam als erster zu mir, gefolgt von Cross und Simon. „Ist alles in Ordnung?" Ihre Blicke wanderten über mich, als ob sie sich vergewissern müssten, dass mir in der kurzen Zeit, in der ich mich nicht in ihrer Aufsicht befunden hatte, nichts geschehen war.

„Warum habt ihr Mr. Peters' Pferd behalten?", fragte ich.

Simons Augenbraue hob sich fragend. „Stimmt etwas mit dem Pferd nicht?", wollte er wissen.

Ich schüttelte meinen Kopf. „Es wirkt wie ein gutes Pferd, aber wenn ihr den Mann, der es euch verkauft hat, so wenig mögt, warum macht ihr dann Geschäfte mit ihm?"

„Wir wussten nichts von seinen Taten dir gegenüber, bevor der Kauf beschlossene Sache war", erwiderte Simon. „Erinnre dich, ich habe dich nicht wie die Burschen hier auf dem Tanz kennengelernt, weil ich mit Peters im Saloon war." Er wirkte darüber auch nicht glücklich.

Mir fiel das erste Mal ein, als ich Simon gesehen hatte – vor meinem Haus und nur in meiner Robe – und wie er mich mit Sorge und etwas anderem angesehen hatte. Ich wusste es damals nicht, aber der Blick war definitiv Lust gewesen.

„Dennoch habt ihr einem Mann, den ich nicht mag, den mein Onkel nicht mag und so wie ich es verstehe, den ihr auch nicht mögt, euer Geld gegeben."

Rhys lehnte sich gegen eine Stuhllehne, damit wir uns auf gleicher Höhe befanden. „Wir wollten ein Pferd, nicht ihn. Unsere Beziehung mit dem verdammten Mann ist erledigt."

„Warum habt ihr dann Geschäfte mit so einem... verdammten Mann gemacht?" Ich stemmte die Hände in die Hüften. „Ihr wisst, wie ich über ihn denke."

„Willst du, dass wir das Pferd zurückgeben, ist es das, worum du uns bittest?", fragte Cross. „Zwingst du uns dazu, zwischen dir und dem Pferd zu wählen?"

Tat ich das? Ich fühlte mich plötzlich irrational wütend, da sie so zufrieden wirkten, einem Mann, der so...unehrenhaft war, Geld gegeben zu haben.

„Ich habe es bis jetzt einfach nicht in Erwägung gezogen, da ihr mir den Verstand so vernebelt habt." Ein selbstzufriedenes Grinsen breitete sich auf den Gesichtern der drei Männer aus. „Es wirkt einfach so, als würdet ihr sein Verhalten billigen."

Rhys verzog nachdenklich die Augen zu Schlitzen.

„Und wir billigen dein Verhalten im Moment", entgegnete Rhys. „Was ist los, Liebes? Du wirkst, als würdest du einen Streit vom Zaun brechen wollen. Du wusstest seit dem Tanz, dass wir das Zuchtpferd von ihm gekauft haben und hast bis jetzt nie irgendwelche Bedenken geäußert. Wenn du Aufmerksamkeit brauchst, Liebes, hättest du nur fragen brauchen."

„Ich bin nicht – "

„Wir sind eine große Gruppe und ich gehe davon aus, dass wir einschüchternd auf dich wirken", stellte Cross fest. Er sah zu Simon, der nickte.

„Wir wollten dich bald nach Hause bringen und dich gut und hart ficken, aber anscheinend kannst du nicht warten." Simon griff nach meiner Hand. „Komm, wir werden dich jetzt vögeln."

14

LIVIA

SIMON ZOG mich durch den Raum, während uns die anderen zwei folgten. „Was? Warte!" Ich stemmte meine Fersen in den Boden, aber ich könnte niemals gegen Simons Stärke ankommen. „Wir können nicht...ich meine, die Männer, sie starren uns alle an!"

Hitze strömte bei diesem Gedanken in meine Wangen. Simon zog mich aus dem Raum, durch den Flur und in ein Zimmer, das ein Büro zu sein schien. Ich konnte die Stimmen der Männer aus dem anderen Zimmer kaum hören und wir befanden uns auf der entgegengesetzten Seite der Küche. Rhys schloss die Tür hinter sich und ich wurde von meinen Männern umzingelt, ohne einen Ausweg zu haben. Das Zimmer wirkte so klein, während sie über mir aufragten.

„Ich muss jetzt wirklich nicht gefickt werden. Lasst uns zurück nach draußen gehen, bevor sie anfangen zu denken, dass wir das gerade tatsächlich hier drin machen."

„Nein, Mädel, du wirst jetzt gefickt."

„Aber – "

„Wir mögen zwar viele hier auf Bridgewater sein, aber wir vier sind eine Familie", erklärte Cross. „Du bist das Zentrum unserer Welt, selbst wenn wir nicht in einem Zimmer mit dir sind."

Obwohl ich ihm glaubte, dass *er* glaubte, was er sagte, zweifelte ich an seinen Worten. Ich war nicht das Zentrum von Onkel Allens Welt gewesen. Ich hatte gedacht, das wäre ich, aber das war ich nicht gewesen.

„Wir sind frisch verheiratet und wenn wir dir das weiterhin beweisen müssen, bis du es glaubst, dann werden wir das tun", verkündete Rhys, wobei er mich dazu zwang, rückwärts zu laufen, bis ich gegen den großen Schreibtisch stieß. „Dreh dich um, Liebes."

Simon stellte sich neben Rhys, aber Cross ging auf die andere Seite des Tisches und schob den Stuhl aus dem Weg. Als ich nicht reagierte, wie verlangt, legte Rhys seine Hände auf meine Taille und wirbelte mich herum. Eine große Hand auf meinem Rücken drückte mich nach vorne auf die hölzerne Oberfläche des Tisches.

Cross begann, die Vorderseite seiner dunklen Hose zu öffnen und sein Schwanz sprang heraus – sein harter, dicker Schwanz, aus dessen Spitze eine klare Flüssigkeit quoll. Die breite Eichel war stumpf und ich leckte meine Lippen bei der Vorstellung, sie zu schmecken.

„Ich habe ihm erzählt, dass du gelernt hast, einen Schwanz zu blasen, Liebes und dass du mich so tief in deinen Mund aufgenommen hast, dass ich nicht anders konnte, als auf deiner Zunge zu kommen. Zeig Cross, wie gut du bist."

Ich spürte Hände auf meinen Beinen und kühle Luft auf meiner Haut, als mein Kleid hochgehoben wurde.

„Du hast an Rhys' Schwanz gesaugt?", wollte Cross wissen, während er nach vorne trat, so dass die Spitze seines Schwanzes gegen meine Lippen stieß. „Öffne deine Lippen und nimm mich in deinen Mund. Ich kann es nicht erwarten, da drin zu sein."

„Die anderen...sie werden es wissen", protestierte ich und blickte zu Cross hoch.

„Mach dir keine Sorgen, mein Schwanz wird all deine Lustschreie dämpfen, wenn Rhys und Simon dich ficken."

Diese Worte ließen meine Pussy feucht werden. Besser gesagt, feuchter, denn ich war immer feucht. Auf Cross' beständiges Stupsen mit seinem Schwanz öffnete ich meinen Mund und nahm ihn auf. Die Flüssigkeit der Spitze schmeckte salzig und rein und ließ mir das Wasser im Mund zusammenlaufen. Ich fuhr mit der Zunge über die große Vene, die entlang der Unterseite verlief und dann saugte ich an ihm, genauso wie es mir Rhys beigebracht hatte.

„Meine Güte, Olivia, du wirst mich wie einen geilen Teenager zum Höhepunkt bringen."

Ich sonnte mich in der Wärme seiner Worte genauso wie in seinen streichelnden Bewegungen auf meinen Haaren, da ich wusste, dass ich ihn befriedigte. Ich hörte mehr, als dass ich es fühlte, wie mein Schlüpfer riss, bevor er über meine Beine glitt.

„Keine Höschen mehr, Mädel", bestimmte Simon. „Die sind nur im Weg."

Hände streichelten über meinen Hintern und ich spürte das leichte Gewicht meines Kleides, das an meiner Taille gerafft wurde, kurz bevor Hände über meine Pussy glitten und meine Schamlippen teilten, bevor er seinen Finger tief in mich rammte. Meine Hüften ruckten bei dieser abrupten, dennoch unglaublichen, Bewegung nach vorne, mein lustvolles und überraschtes Stöhnen wurde von Cross' Schwanz tief in meinem Mund gedämpft, genauso wie er es prophezeit hatte.

„Du wolltest unsere Aufmerksamkeit, Liebes, also werden wir sie dir geben. Simon ist zuerst dran."

Der Finger zog sich mit einem lauten, feuchten Geräusch aus mir und ich spürte die stumpfe Spitze eines Schwanzes an meiner Öffnung, aber er verharrte dort nicht oder reizte mich, stattdessen glitt er mit einem entschlossenen Stoß in mich. Ich stöhnte bei dieser Empfindung laut auf, ich war so voll, er war so tief, passte so perfekt.

„Wenn ich dir nicht erzählt hätte, Liebes, dass dich Simon zuerst fickt, hättest du es nicht gewusst. All unsere Schwänze sind dazu da, dich vollständig auszufüllen. Du wirst jeden von uns zu jeder Zeit nehmen, denn du bist unsere Frau", befahl mir Rhys. „Wir werden dir geben, was auch immer du brauchst, was auch immer du dir wünschst, wann immer du es brauchst."

Klatsch.

Meine Augen weiteten sich und ich schrie um Cross' Schwanz auf. Simon hatte mir auf den Hintern gehauen! Während ich versuchte, meinen Mund zu befreien, hielt mich Cross an Ort und Stelle und begann, anstatt dass ich an ihm saugte, langsam seinen Schwanz in meinem Mund rein und raus zu bewegen, wie es ihm gefiel.

„Wir sind hier, Mädel, und werden nirgendwo hingehen."

Klatsch.

„Wenn ich dir den Arsch versohlen muss, damit du das erkennst, dann werde ich genau das tun."

Klatsch.

„Ist dir jemals in den Sinn gekommen, Mädel, dass wir das Pferd Peters nicht zurückgegeben haben", *Klatsch*, „weil er dann wissen würde, dass du bei uns bist? Ein Pferd zu behalten, dass diesem Bastard gehört, fühlt sich an wie ein Holzsplitter unterm Fingernagel, aber deine Sicherheit ist uns wichtiger."

Klatsch.

Ich hatte nicht mehr als ein paar Sekunden, um über seine Worte nachzudenken, da seine Hüften schneller und härter in mich stießen und ich dann gar nicht mehr denken konnte. Meine Hände legten sich flach auf das kühle Holz, aber es gab nichts, an dem ich mich hätte festhalten können, das mich geerdet hätte, da ich nicht länger gegen das, was sie mit mir taten, ankämpfen konnte. Ich wollte es auch nicht bekämpfen.

„Ich werde kommen, Olivia, und du wirst meinen Samen schlucken. Alles. Du wirst mich auf deiner Zunge schmecken, wirst wissen, dass ich dir gegeben habe, was du gebraucht hast."

Er stieß ein weiteres Mal sanft in mich und ich spürte, wie er anschwoll, kurz bevor sich sein heißer Samen auf meine Zunge ergoss und meine Kehle hinabrann. Wieder und wieder pulsierte sein Schwanz in meinem Mund, während seine Finger meinen Schädel fast umklammerten.

Simon ließ nicht nach in seinen Stößen, das Geräusch seiner Hüften, die gegen meinen Hintern klatschten, hallte laut durch den Raum.

Cross zog langsam seinen Schwanz aus meinem Mund. Er war feucht und glänzte, verringerte seine Größe nur leicht, bevor er ihn zurück in seine Hose steckte.

Ein harter Stoß drückte meine Hüften an den Tisch, während Simon stöhnte. Sein Samen war warm und so reichlich, dass ich ihn tief in mir spürte. Als er verbraucht war und sich herauszog, floss seine Essenz über meinen Kitzler, auf meine Schenkel und höchstwahrscheinlich auf den Tisch darunter.

Ich blickte über meine Schulter und sah Rhys, der seinen steifen Schwanz festhielt und sich zwischen meine gespreizten Beine stellte. Er benutzte seine Hand, um den Samen, der aus mir geflossen war, aufzunehmen und in mein geschwollenes, überreiztes Fleisch einzureiben. Sie hatten recht. Ich wurde von der glatten, rasierten Haut so viel mehr erregt.

Er wanderte mit seinen tropfnassen Fingern zu meinem Hintereingang, begann dort mit mir zu spielen und benetzte mich immer wieder mit Simons Samen. Ich war so erregt, so bedürftig von Simons Schwanz und seinem hervorragenden Ficken, dass ich mich leer und schon fast verloren fühlte ohne etwas, das meine Pussy füllte. Aber als Rhys vorsichtig einen Finger in meinen Hintereingang einführte und die Nerven zum Leben erwachten, überrollte mich eine Hitzewelle und meine Stirn und Schläfen wurden sofort feucht von Schweiß. Ich konnte das Stöhnen, das mir entwich, nicht zurückhalten, da sich die unglaublichen, dunklen Empfindungen, die seine Analspielchen hervorriefen, so gut anfühlten. Ich konnte ihn nicht bekämpfen, konnte die Empfindungen, die er meinem Körper entlockte, nicht bekämpfen.

„Hier", sagte Rhys. Ich sah, wie Cross über meinem Rücken etwas von ihm entgegennahm und es vor mein Gesicht hielt, so dass ich es sehen konnte. Es war ein weiterer seiner selbst angefertigten Stöpsel. Er hatte bereits zuvor welche an mir benutzt, um mich in Vorbereitung darauf, dass sie mich alle gleichzeitig nehmen würden, zu dehnen, aber dieser war anders. Während die anderen zwei relativ dünn gewesen waren und bedeutet hatten, dass sie mit mir spielten – mich dort ohne großes Unbehagen fickten, dafür mit reichlich schönen Empfindungen – war dieser Stöpsel in der Mitte ziemlich breit. Das vordere Ende war nur eine schmale Spitze, die immer breiter wurde, sich dann verjüngte und in einen flachen Kreis am Ende lief, den Cross' Finger hielten.

Ich zuckte zusammen, als Rhys zusammen mit dem ersten Finger einen zweiten in mich einführte. „Ich wollte das für später aufheben, aber ich denke, jetzt ist der bessere Augenblick."

Cross reichte den Stöpsel zurück und ich drehte meinen Kopf, um ihm mit den Augen zu folgen. Rhys ergriff ihn und hielt ihn ein letztes Mal für mich hoch, denn ich kannte jetzt sein Ziel.

„Du wirst das lieben", versprach er. Ich war mir da nicht so sicher, vor allem, als er seine Finger herauszog. Ich dachte, er würde ihn direkt in meinen Anus drücken, aber das tat er nicht. Ich hörte, wie ein Glas geöffnet wurde und wusste, dass es das spezielle Balsam war, mit dem sie Stöpsel und Dildos benetzten, damit sie einfach – einfacher – in mich gleiten konnten.

„Du bist nicht die Einzige, deren Arsch mit etwas gefüllt wird, Mädel", erklärte mir Simon. „Es ist gut, dass Ian und Kane für Emma überall im Haus Gläser mit der glitschigen Salbe verteilt haben."

Ich dachte nur ganz kurz an Emma, wie sie in der gleichen Stellung wie ich dastand und ihr Anus gefüllt wurde, vielleicht nicht mit einem Stöpsel, sondern mit den Schwänzen ihrer Männer. Sie waren lang genug verheiratet, dass sie in der Lage sein müsste, dort gefickt zu werden. Vielleicht würde ich sie dazu befragen, wenn –

„Oh!", schrie ich, als der kalte, stumpfe und sehr schlüpfrige Stöpsel gegen meinen Hintereingang stupste.

Rhys drehte und drückte ihn geschickt und arbeitete ihn so in mich, dehnte mich weiter und weiter und weiter, bis ich dachte, ich könnte nicht mehr aufnehmen. „Rhys, bitte", stöhnte ich.

Gerade als ich die Worte gemurmelt hatte, wurde der Stöpsel wieder schmaler und meine Muskeln zogen sich eng um den schmalen Bereich zusammen. Der weite, harte Teil füllte mich so anders, als ich es je zuvor erlebt hatte. Er war breiter so wie ein Schwanz, aber nicht tief und dehnte meine Öffnung genauso wie die anderen Stöpsel. Außerhalb von mir konnte ich das kühle, flache Holzteil spüren, dass meine Pobacken leicht teilte, aber den Stöpsel in mir sicherte. Rhys zog am Ende und ich stöhnte wieder. Mein Hintern war jetzt so voll, aber meine Pussy fühlte sich leer an.

Vielleicht konnte Rhys Gedanken lesen, denn er sagte: „Ist deine Pussy einsam, Liebes? Dann will ich dich mal vollständig füllen."

Innerhalb von Sekunden spürte ich seinen Schwanz am Eingang zu meiner Pussy und wie er, viel langsamer als Simon, nach innen drang, aber da war auch noch kein großer Stöpsel zur gleichen Zeit in meinem Hintern gewesen. Simon stellte sich neben Cross und sie gingen beide in die Hocke, so dass sich ihre Gesichter direkt vor mir befanden.

Als Rhys' Schwanz vollständig in mir war und die breite Spitze meine Gebärmutter berührte, weiteten sich meine Augen. Ich hatte mich noch nie so voll gefühlt. Ich stöhnte. Sie grinsten.

„Gefällt es dir, etwas in deinem Arsch und Pussy zu haben? Schon bald wird einer von unseren Schwänzen in deiner Pussy sein, ein weiterer in deinem Arsch und noch einer in deinem perfekten Mund", erzählte Simon, beugte sich nach vorne und küsste mich. Mein Atem kam nur noch stoßweise, da Rhys anfing, mich in einem mörderischen Tempo zu ficken.

„Der Stöpsel macht sie so eng", sagte Rhys mit zusammengebissenen Zähnen. „Ich werde nicht lang durchhalten."

„Bist du bereit, zu kommen, Olivia?", fragte Cross. Ich nickte, denn Rhys' Hüften stießen jedes Mal, wenn er mich füllte, gegen das Ende des Stöpsels – es war so eng, wenn er das tat – wodurch er über Stellen in mir rieb und anstieß und stupste, die neu, so heiß, so intensiv waren, dass ich mich nicht zurückhalten konnte.

„Du darfst kommen." Cross' Stimme war beruhigend, dennoch befehlend. „Zeig uns dein Vergnügen. Drück Rhys' Schwanz, während du das tust."

Vielleicht waren es Cross' Worte oder die erotische Empfindung, gefickt und so vollständig gefüllt zu werden, aber ich kam mit einem Schrei, so verloren in der Hitzewelle und dem Vergnügen, das mich durchflutete, dass ich alles vergaß, sogar wo ich war und wer mich hören konnte. Ich warf meinen Kopf zurück, meine Augen klappten zu und meine Muskeln spannten sich an, als ob die Empfindungen nie enden würden. Rhys packte meine Hüften in seinem starken Griff und hielt mich an Ort und Stelle, während er ein letztes Mal tief in mich stieß und sich seiner Kehle ein Knurren entriss, als er mich bis zum Überlaufen füllte. Er beugte sich nach vorne, klatschte eine Hand auf den Tisch neben mir und küsste meinen verschwitzten Hals, stupste mit der Nase gegen mein Ohr, bevor er sich langsam herauszog.

Ich brach über dem Tisch zusammen, meine erhitzte Wange freute sich über das kühle Holz. Ich könnte jetzt in dieser Position einschlafen, da ich mich knochenlos und entspannt und wunderbar befriedigt fühlte. Cross und Simon richteten sich zu ihrer vollen Größe auf und liefen hinter mich. Ich sollte mir Sorgen darum machen, wie ich aussah, aus meiner Pussy tropfte ihr Samen, sie war zweifellos geschwollen und rot, da sie sich heiß und gut benutzt anfühlte. Der Stöpsel befand sich nach wie vor fest in meinem Hintern. Ich musste einen seltsamen Anblick abgeben, aber es war mir egal. Sie hatten recht. Ich hatte ihre Aufmerksamkeit gewollt, hatte die Bestätigung gebraucht, dass ich gewollt wurde. Wie hatten sie es wissen können, wenn nicht einmal ich es gewusst hatte?

Ich stemmte mich auf meine Ellbogen und fühlte dann feste Hände auf meiner Taille, die mir hoch halfen und mich festhielten, als ich mich aufrichtete. Simon sah auf mich hinab und grinste, dann küsste er mich sanft auf die Stirn. „Lass uns essen gehen, Mädel. Ich habe einen Bärenhunger."

Da fiel mir mein Schrei wieder ein. „Ich...ich kann nicht dorthin zurückkehren, sie werden es wissen", sagte ich.

Simon hob meinen Schlüpfer vom Boden auf und stopfte ihn in seine Hemdtasche, wobei ein Zipfel des weißen Stoffes herausragte und zwinkerte mir zu. Anscheinend würde ich ihn nicht zurückbekommen.

„Sie wissen es, Liebes, und vertrau mir, sie werden nichts sagen. Jeder von ihnen, mit Ausnahme von McPherson – ich meine Simons Bruder – und MacDonald, haben sich zu dem ein oder anderen Zeitpunkt in der Nähe der anderen um ihre Frauen gekümmert. Du stehst immer an erster Stelle", beruhigte mich Rhys.

„Es ist euch nicht peinlich?"

Cross neigte mein Kinn nach oben. „Soll es uns peinlich

sein, dass wir unsere Frau so gut befriedigt haben, dass sie ihr Vergnügen hinausgeschrien hat? Definitiv nicht. Das Gegenteil ist der Fall."

Männliches Gockelverhalten half jetzt überhaupt nicht. „Kann ich mich zumindest vorher säubern? Bitte nimm den Stöpsel raus, Rhys, und gib mir einen Waschlappen."

Alle drei Männer schüttelten ihre Köpfe.

„Nein", sagte Rhys.

„Nein, Mädel", meinte auch Simon.

„Du wolltest unsere Aufmerksamkeit und hast sie bekommen", entgegnete Cross. „Mit dem Stöpsel in deinem Hintern, ihrem Samen, der aus deiner Pussy tropft und der Geschmack von meinem auf deiner Zunge wirst du dich daran erinnern, dass wir immer bei dir sind."

„Immer", bekräftigte Rhys und öffnete die Tür für mich.

Als wir hinausgingen, um uns zu den anderen zu gesellen, wobei ich vorsichtig lief, da der Stöpsel so tief in mir steckte, wusste ich, dass ich es nicht so schnell vergessen würde.

15

LIVIA

WÄHREND DER NÄCHSTEN paar Tage waren die Männer besonders aufmerksam und stellten sicher, dass immer einer von ihnen bei mir war. Ich hatte mein Bedürfnis nach ihrer Anwesenheit nicht erkannt oder dass ich mir Sorgen machte, dass sie mich ebenfalls verlassen würden, aber sie hatten es bemerkt. Auch wenn ich meinen Eltern nicht die Schuld für ihren vorzeitigen Tod geben konnte, gab ich ihnen doch die Schuld dafür, dass sie mich verlassen hatten. Was Onkel Allen betraf, so konnte ich ihm nicht die Frau, die er liebte, oder die Familie, die er sich geschaffen hatte, verweigern. Ich konnte nicht so egoistisch sein. Aber was war mit Simon, Rhys und Cross? Würden sie mich ebenfalls verlassen wollen? Sehnte ich mich so sehr nach ihnen, dass ich versuchte ihre Aufmerksamkeit auf jede mögliche Weise zu erlangen, selbst wenn es nur dazu war, mit ihnen zu streiten?

Ich wollte das Zentrum ihrer Aufmerksamkeit sein, weil *sie* mir das geben wollten, nicht weil ich bedürftig war und das war die Krux. Es war schwer in unserer sich langsam formenden Beziehung selbstbewusst zu sein, wenn ich mir Sorgen über etwas machte, dass völlig außerhalb meiner Kontrolle lag. Daher waren die Männer besorgt, mich allein zu lassen, als sie alle gebraucht wurden, um bei den Reparaturarbeiten eines großen Stücks des Zauns zu helfen, der über Nacht von einer Schlammlawine zerstört worden war. Sie schlugen sogar vor, dass ich zu den anderen Frauen gehen und sie besuchen sollte, aber ehrlich gesagt, war es schwer gewesen, ihnen nach dem Gruppenessen ins Gesicht zu sehen. Sie mochten vielleicht alle kein Problem damit haben, in der Nähe der anderen gefickt oder umsorgt zu werden, ich allerdings schon. Es würde Zeit benötigen und meine Männer schienen das zu verstehen und drängten mich nicht.

Als sie zu den Ställen gingen, um sich mit den anderen zu treffen, versprach ich, dass ich zu Laurels Haus gehen würde, wenn ich mich einsam fühlte, da ihr Haus das nächste war. Nachdem sie gegangen waren, war ich zufrieden damit, einfach nur zu lesen. Die Fenster und Türen standen an diesem warmen Sommertag auf. Dadurch war das Haus aber auch für unerwünschte Besucher geöffnet.

Die Schritte, die ich im Flur hörte, hielt ich zuerst für Simons, da er vielleicht zurückkam, um mich ein weiteres Mal zu nehmen. Es war seine Art, zu mir zu kommen mit Begehren und Lust in den Augen, weil er nicht länger darauf warten konnte, Sex mit mir zu haben. Es war heiß, mein Herz klopfte schneller und meine Pussy wurde feucht, nur weil ich wusste, dass ich ihn so gierig machte. Schon fast wild.

Als ich also die Schritte hörte, begann ich, die Knöpfe meines Kleides voller Vorfreude zu öffnen, da ich wusste, wie gerne er beim Ficken an meinen Nippeln saugte und knabberte. Aber der Mann, der in die Stube trat, war nicht Simon oder Rhys oder Cross. Es war Mr. Peters. Ich zog die Vorderseite meines Kleides mit einer Hand zusammen, während ich aufstand und zurücktrat. Sein Gesichtsausdruck war fast fröhlich, was mich zu Tode erschreckte.

„Was…was willst du?", fragte ich. Ich war so erschrocken, dass ich das förmliche Sie völlig vergaß.

„Ich werde dir nicht wehtun. Ich will nur reden."

Reden? Warum würde er den ganzen Weg nach Bridgewater kommen, um zu reden? Der Mann log und war definitiv verrückt.

„Wie hast du mich gefunden?" Ich beäugte ihn nervös und sehr vorsichtig.

Er musterte mich, neigte seinen Kopf zur Seite, als ob er einen besseren Blick auf mich werfen wollte. Sein prüfender Blick war nur schwer zu ertragen, aber ich zuckte nicht zurück und durchbrach auch nicht die Stille, während ich auf seine Antwort wartete.

Schließlich sprach er. „Sie haben es dir nicht erzählt, nicht wahr?"

„Sie?", fragte ich und runzelte die Stirn.

„Du hast Simon geheiratet, aber ich weiß, dass dich die anderen zwei ebenfalls ficken. Es war alles Teil meines Plans."

Ich schluckte meine Angst darüber, ihn zu sehen, hinunter, während meine Finger zitternd die Knöpfe meines Kleides zu schließen versuchten. Ich wollte vor ihm nicht entblößt sein.

„Plan?" Ich konnte nicht mehr als ein Wort hervorbringen und das gefiel mir nicht. Ich sollte die Oberhand haben, ich sollte ihn aus der Tür werfen, aber ich konnte nicht. Ich hatte zu große Angst. Da lag etwas in seiner Stimme, der Blick in seinen Augen, sein Verhalten, alles machte mich nervös und ängstlich.

„Warum denkst du, dass du hier bist? Deine *Männer* gehören zu mir."

Mein Stirnrunzeln vertiefte sich. „Ich verstehe nicht."

„Du hast mich zurückgewiesen, also habe ich Männer, die zu mir gehören, deinen Weg kreuzen lassen. Du glaubst doch wohl nicht wirklich, dass Simon McPherson ohne einen kleinen Anreiz an jemandem wie dir interessiert wäre?"

Die Verachtung in seiner Stimme ließ mich zusammenzucken und die Art, wie seine Augen angewidert über meinen Körper wanderten, ließen mich Simons Berührungen, Rhys' Worte und Cross' trockenen Humor in Frage stellen.

Er begann, zu lachen. „Ich kann sehen, dass du das geglaubt hast. Ich wollte dein Geld, Süße, nicht dich. Da du mich nicht haben wolltest – und dein verrückter Onkel mich nicht in deine Nähe ließ – musste ich stattdessen einen meiner Männer auf dich ansetzen. Es war eigentlich ziemlich einfach. Simon bekommt eine Frau, die sich seinen kranken Vorlieben unterwirft und drei Männer gleichzeitig fickt, zusammen mit einer kleinen Bezahlung für seine Mühen. Nach deinem Anblick zu schließen und danach wie du dich gerade ausgezogen hast, haben sie dich gut trainiert.

Ich rümpfte angewidert die Nase. Hatte Simon mich nur wegen etwas Geld gewollt und damit er eine Frau hatte, mit der er mit seinen zwei Freunden schlafen konnte? Das konnte nicht stimmen. Es war offensichtlich, dass Bridgewater eine erfolgreiche Ranch war und sie mich nicht für ein bisschen Geld geheiratet hätten. Es war möglich, dass er eine Frau gewollt hatte, die er mit Cross und Rhys teilen konnte, aber allen drei Männern hatte es ganz bestimmt nie an weiblicher Aufmerksamkeit gefehlt und sie mussten nicht heiraten, um das zu bekommen.

„Simon war mir bis kurz vor unserer Hochzeit nicht einmal begegnet", entgegnete ich in dem Versuch, den Fehler in seinem Bericht zu finden. „Wie hätte er mich überhaupt in Helena treffen sollen?"

Mr. Peters sah hinab auf seine Finger, als wäre er gelangweilt. „Das musste er nicht. Er hat seine Freunde genutzt, um dich bei dem Tanz einzulullen. Ich glaube, es gibt zwei Männer, die sich dich teilen?"

Woher wusste er all das? Ich erinnerte mich an das Gefühl, als ich zum ersten Mal Cross erblickt hatte, dann später Rhys. Onkel Allen hatte das Wort Blitzschlag verwendet, um zu beschreiben, wie mein Herz einen Satz gemacht, meine Haut gekribbelt und ich das Gefühl gehabt hatte, dass jeder andere in dem Raum verschwand. Sie waren beide so selbstbewusst in ihrer Aufmerksamkeit gewesen, so dominant und…so männlich, dass ich fast abgelenkt gewesen war. Der Blitz hatte mich getroffen und mein Gehirn seine Denkfähigkeit verloren.

Als ich nicht antwortete, fuhr er fort: „Simon und ich vereinbarten die letzten Details im Saloon, während du von ihnen auf dem Tanz umworben wurdest. Ich habe dort nur kurz vorbeigeschaut, um mich zu vergewissern, dass die Männer ihre Aufgabe erledigten, aber das hätte ich mir sparen können. Anscheinend wurdest du sehr leicht geködert."

Ein schreckliches Gefühl breitet sich in meiner Magengegend aus, als mir einfiel, dass ich ihn gesehen hatte, während ich mit Cross getanzt hatte. „Simon arbeitet für dich?"

Die Vorstellung wirkte absurd, aber hier stand Mr. Peters in Simons Haus und die Geschichte wirkte…plausibel. Zweifelhaft, aber plausibel. Er wollte mehr von mir als reden und ich hatte keine Ahnung was es war. Ich hatte seine Avancen zuvor abgewiesen und ich bezweifelte, dass er es jetzt zulassen würde. Ich musste dafür sorgen, dass er weiterredete.

„Das Pferd war nur eine Fassade, um das wahre Geschäft zu verbergen. *Dich*." Er gluckste. „Glaubst du wirklich, er braucht noch ein *Pferd*? Einen Deckhengst? *Simon* ist der Deckhengst und *du* bist die Zuchtstute." Er grinste über seine geschmacklosen Worte.

Ich ging um ihn herum und zur Tür. Ich musste hier weg. „Warum bist du dann hier? Wenn du hast, was du wolltest, mein Geld, warum bist du dann überhaupt nach Bridgewater gekommen?"

Er war schneller, als ich erwartet hatte. Seine rundliche Gestalt täuschte über seine Schnelligkeit hinweg und er packte meinen Arm wie ein Falke. „Um sicherzustellen, dass du die Wahrheit kennst. Ich erlaube niemandem, nein zu mir zu sagen. Du hast es getan und dein Onkel hat dich beschützt, also muss ich dich bestrafen. Jetzt wirst du mit der Wahrheit leben – dass du mit einem Mann verheiratet bist, der dich nur wegen deinem Geld und Körper wollte. Die anderen zwei kranken Bastarde? Simon McPherson hält so wenig von dir, dass er dich sogar teilt wie eine gewöhnliche Hure."

„Wie hast du mich gefunden?" Ich hatte gedacht, dass ich gut versteckt gewesen wäre.

„Ich wusste es natürlich die ganze Zeit. Ich wollte nur ein paar Tage warten, um sicherzugehen, dass die Männer dich gut und wahrhaftig erobert hatten – was sie, wie ich sehe, getan haben." Er blickte hinab auf mein Mieder und meine Wangen wurden heiß. „Und um dich wissen zu lassen, was für ein Kerl dein Mann wirklich ist und damit du mit dem Wissen leben kannst, dass ich das alles in die Wege geleitet habe."

Seine Antwort sorgte dafür, dass ich all die Teile der vergangenen Woche wie ein Puzzle zusammensetzen konnte, ein Teil passte zum anderen. Seine Geschichte passte tatsächlich, aber ich glaubte sie nicht. Ich musste weg von diesem Mann, aber während ich gegen ihn ankämpfte, verpasste er mir einen Schlag übers Gesicht, so dass mir weiße Flecken vor den Augen tanzten und der scharfe Schmerz seines Schlags ließ mich zusammenzucken.

„Ich bin auch hier, um mir zu nehmen, was du mir zuvor verweigert hast. Wenn du bereits drei Männer gefickt hast, dürfte dich ein weiterer nicht stören."

Ich schüttelte meinen Kopf und kämpfte weiter gegen ihn an, kratzte mit der Hand über sein Gesicht, meine Nägel gruben sich in sein Doppelkinn. Sein Griff lockerte sich und ich erinnerte mich an Onkel Allens Ratschlag bezüglich unerwünschter Aufmerksamkeiten. Ich trat mein Knie mit aller Kraft zwischen seinen Beinen nach oben in der Hoffnung, dass sein Schwanz jetzt nutzlos sein würde. Er beugte sich an der Taille vornüber und ein hoher Ton entrang sich seiner Kehle, seine Hand ließ mich los. Ich wartete nicht lange, sondern floh durch die Halle und aus der Eingangstür. Ich rannte blind zu den Ställen. Ich musste um jeden Preis weg, weg von Mr. Peters. Ich könnte nach Hause zu Onkel Allen fliehen, aber ich hatte kein Zuhause. Es war abgebrannt und Onkel Allen hatte seine eigene Familie. Meine Haare lösten sich aus dem Zopfband und ich keuchte schwerfällig. Ich hatte Seitenstechen, aber rannte weiter. Meine Männer. Ich brauchte meine Männer.

SIMON

Obwohl wir Olivia regelmäßig und mit gründlicher Sorgfalt fickten, verbrachten wir mittlerweile mehr Zeit außerhalb des Bettes als in den ersten drei Tagen nach unserer Rückkehr nach Bridgewater. Wir hatten herausgefunden, dass sie eine gute Reiterin war und Rinder, wie ein Rancharbeiter mit vielen Jahren Erfahrung im Sattel, hüten konnte. Sie war gebildet und konnte abends mit Rhys über Bücher sprechen, was mich faszinierte. Ich war kein Bücherwurm, aber wusste eine lebhafte Debatte zu schätzen. Während Cross ihr gezeigt hatte, wie man Eier kochte, ohne sie zu verbrennen, hatten sie gelacht und ich hatte es genossen, wie ihre Augen geleuchtet hatten. Ich beobachtete sie für gewöhnlich still und wartete auf den richtigen Augenblick, da ich immer bereit war, die Knöpfe ihres Kleides aufzureißen oder ihren Rock nach oben zu schieben, um ihre Bereitschaft für meinen Schwanz zu testen. Sie befolgte unsere 'Keine Höschen'-Regel und es war befriedigend unter ihr Kleid zu greifen und sie nackt, feucht und bereit vorzufinden.

Olivia und ich redeten nicht viel. Wir fickten

hauptsächlich, da dies die Verbindung war, die wir miteinander teilten. Wenn wir uns im Flur begegneten, sprachen wir nicht, sondern packten uns gegenseitig mit wilden Händen und küssten uns stürmisch, fast schon grob, bis ich sie hochhob und zu einem Ort trug, an dem ich sie ficken konnte. Sie half sogar, indem sie ihre Röcke für mich anhob oder ihr Mieder aufknöpfte, um mir ihre vollen Brüste anzubieten. Es war natürlich und roh und wenn wir uns vereinigten, dann brauchten wir keine Worte. Wir sehnten uns nach einander, waren fast verzweifelt in unserem Bedürfnis einander nah zu sein.

Es war keine tiefe Verbindung, wie sie sie mit Rhys teilte, oder so behaglich wie ihre Beziehung mit Cross. Wir waren mehr wie Hitze und Feuer und mussten nicht reden, wenn doch alles, was wir wollten, nackt zu sein war – oder so nackt, wie wir sein mussten – damit wir ficken konnten. Gelegentlich hörten Rhys oder Simon unseren wilden Sex und gesellten sich zu uns, aber ich war derjenige, der sie heiß machte, der in der Lage war, die Lust in diesen hellen, ausdrucksvollen Augen zu entfachen.

Nach einem Tag, an dem wir Steine rumgeschleppt und Zaunpfähle eingegraben hatten, waren wir alle schmutzig, verschwitzt und hungrig. Alles, was ich wollte, war all den Matsch abzuwaschen und in meiner Frau zu versinken.

Heute Morgen hatte sie in ihrem hellblauen Kleid, das perfekt zu ihren Augen passte, bezaubernd ausgesehen. Ich hatte keinen Kommentar dazu abgegeben, wie es Rhys getan hatte, aber ich hatte ihr gezeigt, wie sehr es mir gefiel, indem ich sie gegen die Küchentür gedrückt hatte, vor ihr auf die Knie gefallen war und ihren Rock so weit hochgehoben hatte, dass ich sie lecken und ihre nackte Pussy schmecken konnte, während ich sie mit meinen Fingern verwöhnte, bis sie kam und auf meinen Mund und Kinn tropfte. Rhys und Cross hatten währenddessen das Frühstück zubereitet und uns beobachtet und wir hatten uns alle darauf geeinigt, dass wir bei unserer Rückkehr von den Reparaturarbeiten ihre entblößten Brüste sehen wollten.

Ich fühlte mich nicht gut dabei, sie ohne Schutz zurückzulassen, obwohl ich wusste, dass sie auf der Ranch sicher war. Die anderen Frauen blieben ebenfalls ohne Bedenken ihrer Männer zu Hause. Es war nicht so, als ob sie weniger wachsam wären, da alle Männer auf Bridgewater die Frauen und Kinder über alles stellten, aber ich wusste aus eigener Erfahrung, was passieren konnte, wenn ich meine Pflicht, sie zu beschützen, zu locker nahm.

Während wir in Mohamir gelebt hatten, war es unsere Aufgabe gewesen, auf einen mohamirschen Diplomaten und seine Familie aufzupassen. Ich war Alea, der sechzehn Jahre alten Tochter, als Wache zugewiesen worden. Ich war für viele Jahre ihr Wächter und verspürte ein großes Bedürfnis, sie zu beschützen. Es hatte zwischen uns keine Verbindung, wie die zu Olivia, gegeben, nicht nur weil sie zu jung und unsere kulturellen Unterschiede zu groß waren, sondern auch weil ihr Vater mir ihr Leben anvertraut hatte.

Wir unterstanden nicht länger dem Befehl des verdammten Bastards, Evers, der im Alleingang Alea und ihre Familie ermordet hatte. Ich würde Olivia nicht so im Stich lassen wie Alea, so wie wir alle ihre Familie im Stich gelassen hatten. Es war dieser Vorfall, die toten Gesichter der Familie, die mich immer noch verfolgten. Ich war älter, weiser und nicht länger in Mohamir. Es war meine Aufgabe in dieser Ehe, für Olivias Sicherheit zu garantieren, da sie ein Teil von mir war. *Sie gehörte zu mir.*

Während wir zur Ranch zurückritten, kam uns einer der Rancharbeiter entgegen, sein Pferd war völlig erschöpft von dem Tempo, das der Mann vorgegeben hatte.

Er neigte seinen Hut zurück. „Ann hat einen Mann bei eurem Haus gesehen. Sie sagte, es könnte Olivias Onkel sein, aber sie könne sich nicht sicher sein."

Ich schüttelte meinen Kopf. „Nein. Er würde nicht

hierherkommen und es riskieren, dass der Bastard Peters ihm folgt."

Wir blickten einander an, gaben den Pferden die Sporen und galoppierten zum Haus. Nach einer raschen Suche entdeckten wir, dass sie nicht da war. Mein Magen zog sich zusammen und ich wusste sofort, dass etwas nicht stimmte.

Rhys' Augen wurden schmal und seine Schultern strafften sich. Sein ganzes Auftreten veränderte sich. „Die Ställe?", fragte er.

Es war eine Möglichkeit, also nickte ich kurz und wir bestiegen beide unsere Pferde und trieben sie in diese Richtung. Als wir dort ankamen und Staub um uns wirbelte, rief ich zu Kane, der draußen stand: „Ist Olivia hier?"

Er schüttelte seinen Kopf. „Ian kam gerade erst von unserem Haus. Dort ist sie nicht."

„Verdammte Scheiße", fluchte ich, während ich zum Horizont blickte. Ich versuchte, nicht mit den Zähnen zu knirschen, aber mich überkam ein Gefühl völliger Hilflosigkeit. Wo zur Hölle war sie?

„Fehlt ein Pferd?"

Kane drehte sich auf den Fersen um und schaute nach.

„Gute Güte", murmelte Cross.

Ich sah zum Himmel. Es würde noch für ungefähr zwei Stunden hell sein. Wir mussten sie finden und zwar bald.

Kane rannte aus dem Stall, seine Füße rutschten über den staubigen Boden. „Der neue Deckhengst fehlt."

„Wir werden sie finden", schwor ich und ballte meine Hände zu Fäusten. „Wir müssen nur herausfinden, welchen Weg sie gewählt hat."

16

ROSS

WENN IRGENDJEMAND OLIVIA AUFSPÜREN KONNTE, dann war es Simon. Er hatte nicht nur die meisten Kenntnisse für diese Aufgabe, sondern auch die Motivation. Er hatte Probleme, mit anderen zu kommunizieren, bot normalerweise mehr finstere Blicke und dreiste Taten an als Zärtlichkeiten. Er war noch nie für seine Freundlichkeit bekannt gewesen, aber mit Olivia war er anders. Er öffnete sich ihr nicht mehr als irgendjemand anderem, aber er beobachtete sie auf eine Weise, wie ich es noch nie zuvor gesehen hatte. Mit Ehrfurcht, Beharrlichkeit und einer Sanftheit, von der er wahrscheinlich nicht einmal gewusst hatte, dass er sie in sich hatte. Die zwei fickten mit wilder Hemmungslosigkeit, ihre Verbindung war tiefer als irgendetwas, das ich je mit Olivia gehabt hatte. Wir redeten, machten Witze und hatten eine gewöhnliche Freundschaft entwickelt neben der Tatsache, dass wir Liebhaber waren. Aber mit Simon war es anders. Deswegen machte ich mir Sorgen. Ich wusste, dass er sich selbst teilweise die Schuld für die Morde in Mohamir gab. Er hatte weder etwas über das geplante Verbrechen gewusst, noch auf irgendeine Weise daran teilgenommen, aber er nahm seine Rolle als Verteidiger und Beschützer sehr ernst und er hatte seine junge Schutzbefohlene im Stich gelassen. Sie war unter seiner Aufsicht gestorben, auch wenn es zu einem Zeitpunkt geschehen war, an dem er nicht im Dienst gewesen war.

Es waren seitdem mehr als zehn Jahre vergangen und er hatte immer noch Alpträume. Ich sah ihn oft mit dunklen Ringen unter den Augen und einem elenden Gesichtsausdruck am Frühstückstisch. Seine Besorgnis für Olivias Schutz hatte er allerdings zu einem Extrem gebracht. Er hatte sie sogar geheiratet, um sie zu beschützen, ohne sie vorher mehr als ein paar Minuten gekannt zu haben. Er würde alles für sie tun und ich musste hoffen, dass ihr nichts passiert war, denn davon würde sich Simon nicht erholen.

„Ich werde zurück zum Haus gehen, um nachzusehen, ob sie eine Nachricht oder irgendeinen anderen Hinweis auf ihren Aufenthaltsort hinterlassen hat." Rhys schnappte sich die Zügel eines der Pferde, saß auf und wendete es zum Haus.

Simon war angespannt und höchstwahrscheinlich bereit, das Gesicht des mysteriösen Mannes zu Brei zu schlagen, da er genauso, wie ich, wusste, dass er der Grund für Olivias Verschwinden war.

„Ich werde bei den anderen Häusern nach ihr fragen. Wenn ich sie finde, werde ich zwei Schüsse abgeben", sagte Kean und schwang sich auf sein Pferd, das sehr wahrscheinlich lieber gestriegelt worden wäre und etwas Heu fressen würde.

Dadurch war ich jetzt allein mit Simon.

„Lass uns im Stall beginnen."

Simon schritt zielstrebig und mit langen Schritten voran. Er hielt ungefähr zehn Schritte vor der Tür an und betrachtete für einen Moment die leere Box, bevor er eintrat. Das Heu auf dem Boden war frisch, was bedeutete, dass das Tier nicht den gesamten Tag in der Box gewesen war. Sich auf der Ferse

Ihre entzückende Braut 145

umdrehend, lief Simon zu den hinteren Stalltüren und stieß sie auf, wodurch die Sonne in das dunkle Innere schien.

Er blickte nach unten auf den Boden direkt vor dem Stall, dann ging er in die Hocke. „Sieh dir das an." Er zeigte auf die Spuren im Dreck. „Das Pferd wurde in diese Richtung geführt."

Ich hockte mich neben ihn und sah in seine dunklen Augen. „Und das weißt du, nur indem du die Hufeisenabdrücke anschaust?"

Er nickte. „Peters' Pferd hatte nur an den Vorderbeinen Hufeisen. Wir machen sie bei unseren Pferden an alle vier Beine, nur bei dem Deckhengst haben wir das noch nicht gemacht. Schau, die hier sind ohne Hufeisen."

Er stand abrupt auf und folgte den Spuren zur hinteren Weide. „Sie führen aus dem Tor." In dieser Richtung lagen weder die Koppel noch die nächste Weide, sondern das westliche Weideland für die Rinder.

„Wir sind mit dem Pferd noch nicht in diese Richtung geritten, oder?", fragte ich.

Simon schüttelte seinen Kopf. „Wir haben ihn bis jetzt einzeln gehalten, also ist er noch nicht hier langgeführt worden."

„Das bedeutet – "

„Olivia ist in diese Richtung geritten."

OLIVIA

DIE MÄNNER HÄTTEN MITTLERWEILE zur Ranch zurückgekehrt sein sollen, aber ich hatte mich völlig verirrt. Ich war geflohen, weil ich Angst gehabt hatte, dass Mr. Peters mir folgen würde. Also hatte ich dem neuen Pferd nur schnell ein Zaumzeug übergezogen und war in die Richtung geritten, von der ich gedacht hatte, dass die Männer dort arbeiteten. Ich hatte mich allerdings in der Richtung geirrt. Sehr geirrt, denn die Sonne war gerade untergegangen und ich musste sie immer noch finden.

Ich kämpfte mit den Tränen, die mir in den Augen schwammen, aber als ich erkannte, dass ich meine Männer nicht vor Einbruch der Dunkelheit finden würde, strömten sie ungehindert über meine verschwitzten Wangen. Mr. Peters' Erscheinen hatte mir Angst eingejagt, da ich allein gewesen war und er mich überrascht hatte. Ich hatte mich an seinen schmerzhaften Griff um mein Handgelenk erinnert, den düstern und fiesen Blick in seinen Augen, als ich ihn in Helena abgewiesen hatte. Der pulsierende Schmerz in meiner Wange erinnerte mich kontinuierlich daran, wie gefährlich er war. Ich wollte einzig und allein meine Männer finden und den Schutz akzeptieren, den sie mir fortwährend anboten.

Während Simon zwar der am wenigsten kommunikative der Drei war, so war er doch derjenige, der sich in seinen Gesten ausdrückte. Ich spürte auch zu Rhys und Cross eine Verbindung, da sie in der Lage waren ihre Verbindung durch Debatten oder Humor mitzuteilen und zu zeigen, aber das, was Simon, der so ernst und zurückhaltend war, und ich teilten, war so...grundlegend. Es konnte nicht vorgetäuscht werden, es konnte nicht gekauft werden, wie Mr. Peters behauptet hatte. Es konnte nichts anderes als echt sein. Als Mr. Peters also die schlimmsten Dinge andeutete, wollte ich nur zu meinen Männern, damit sie mich hielten, mich beruhigten. *Mich liebten*. Meine Eile kam mir jetzt allerdings teuer zu stehen. Ich wusste nicht, wo ich war und auch keiner der Männer wusste es. Wie konnten sie mich finden, wenn sie meinen Aufenthaltsort nicht kannten?

Nachdem ich erkannt hatte, dass ich ihren Standort falsch eingeschätzt hatte, nahm ich an, es würde leicht werden, den Rückweg zu finden, aber ich war wahrscheinlich dem falschen Bach stromabwärts gefolgt und so in die falsche Richtung geritten. Mein Kleid war für den Tag geeignet gewesen, aber die Luft kühlte jetzt schnell ab, der Wind nahm zu und blies mir die Haare ins Gesicht. Wolken zogen auf, dick und schwer und versprachen Regen wie schon in der vergangenen Nacht. Ich musste irgendeine Art Unterschlupf finden. Unglücklicherweise war die offene Prärie bei schlechtem Wetter kein sicherer Ort und die wenigen Pappeln, die den Bach säumten, waren definitiv eine Gefahr. Aufgrund der Schwere der Schlammlawine der gestrigen Nacht wusste ich, dass es auch keine Option war, in der Nähe des Wassers zu bleiben. Also trieb ich das Pferd an und weg von dem Bachbett, nur für den Fall, dass er anschwoll.

Große Felsen lagen in der Landschaft verstreut. Ich hielt neben einem der Größeren an und saß ab. Mein erster Gedanke, als ich ihn sah, war, dass er die perfekte Höhe für meine Männer hatte, um mich darüber zu beugen und zu ficken. Auch wenn ich mich nicht vor dem Regen abschirmen konnte, so würde doch wenigsten der Wind abgehalten werden, wenn ich mich auf einer Seite zusammenrollte. Ich positionierte mich so, dass ich an der Seite saß und mich mit angewinkelten Beinen gegen den Felsen lehnen konnte, mein Kleid über die Beine geschlungen und meinen Kopf auf die Knie gelegt, während ich die Zügel des Pferdes mit einer Hand festhielt.

Ich begann an Rhys, Simon und Cross zu denken, ihr unterschiedliches Lächeln, ihre unterschiedlichen Küsse, ihre unterschiedlichen Techniken, mit denen sie ihre Schwänze einsetzten. Ich dachte an ihre Hände auf meinem Körper, wie sie sich angefühlt hatten und wie ich langsam die Unterschiede zwischen ihnen kennengelernt hatte, wie sie meine Haut wärmten.

Zuerst dachte ich, ich hätte Donnergrollen gehört, aber tatsächlich war es das schwere Trommeln von Pferdehufen, die den Boden erschütterten. „Olivia!"

Ich traute meinen Ohren nicht, aber als ich meinen Namen ein zweites Mal hörte, hob ich meinen Kopf. Eine Gruppe

Männer auf Pferden näherte sich mir und ich stand schnell auf. Freude durchflutete mich und die Erleichterung machte mich ganz schwach. Als Simon vom Pferd sprang, während sich dieses noch bewegte, und direkt zu mir rannte, begann ich wieder zu weinen. Ich konnte in seinem wilden Blick, dem angespannten Kiefer und den schnellen Schritten erkennen, dass meine Gedanken richtig waren und Mr. Peters völlig falsch.

Er zog mich an sich, wobei seine große Hand meinen Hinterkopf umfasste und mich an seine Brust drückte. „Bist du verletzt?", fragte er mit rauer Stimme.

Die anderen Männer kreisten mich ein, ihre Körper blockten den Wind ab. Ich blickte zu Rhys und Cross und ich konnte mühelos ihre erleichterten Gesichtsausdrücke lesen.

Simon küsste mich auf den Scheitel, bevor er mich weit genug zurückschob, so dass er sich nach unten beugen und mir in die Augen sehen konnte. Als er die Tränen auf meinen Wangen sah, wischte er sie mit seinen Daumen weg. Dann warf er einen Blick auf meine Wange, woraufhin sein Gesicht hart wurde und die dunklen Augen eines Kriegers erschienen. „Wer hat dich verletzt?" Ein Bluterguss musste auf meiner Wange entstanden sein.

Ich spannte mich bei seiner Frage an. „Mr. Peters."

Simons Finger umklammerten meine Arme fester, während er zu Rhys und Cross blickte und sich dann wieder auf mich konzentrierte. „Hat er dich noch an einer anderen Stelle verletzt? Hat er – ?"

Ich schüttelte heftig meinen Kopf. „Nein. Ich bin ihm entkommen."

Seine Erleichterung war deutlich sichtbar, dann wanderten seine Augen mit diesem zärtlichen Blick, an den ich gedacht hatte, als ich mich verirrt hatte, über mein Gesicht. Sein dunkler Blick suchte meinen, als ob er bis in meine Seele sehen könnte. „Er hat verleumderische Dinge über dich gesagt, aber...aber ich habe ihm nicht geglaubt und dann wollte ich bei euch sein."

Er umfasste mein Gesicht und küsste mich. Angestaute Emotionen und Sehnsucht lagen in diesem Kuss. Er ließ mich irgendwann los, so dass mich Cross in eine Umarmung ziehen konnte. Mittlerweile atmete ich schwer, als ob Simon mir den Atem geraubt hätte.

„Was hat er gesagt?", fragte Cross, während er mich auf den Scheitel küsste. Sein Duft, der mit Schweiß und Pferdegeruch vermischt war, veranlasste mich dazu, kurz genießerisch die Augen zu schließen.

„Er sagte, dass ihr drei für ihn arbeitet und dass ihr eine Vereinbarung getroffen hättet, so dass Simon mich heiraten, ihm mein Erbe übergeben und selbst einen Teil davon erhalten würde gemeinsam mit mir als Bonus."

Cross' Hand, die meinen Rücken hoch und runter gestreichelt hatte, hielt inne. „Was hat er sonst noch gesagt?" Seine Stimme schien um eine Oktave gesunken zu sein.

„Dass du und Rhys mich auf dem Tanz umworben habt, während Simon im Saloon die letzten Details der Vereinbarung geklärt hat", erzählte ich weiter.

Rhys drehte mich zu sich und nahm meine Hand. Sein Griff war fest, dennoch sanft, vor allem als er meine Hand hob, um sie über sein Herz zu legen. Ich spürte, wie es gleichmäßig schlug und das war beruhigend.

„Er muss etwas darüber gesagt haben, dass wir drei dich für uns beansprucht haben", meinte Rhys.

Ich nickte und erinnerte mich an die verdorbenen Worte.

„Erzähl es uns", verlangte er. Ich blickte über meine Schulter zu Cross und Simon und sah, dass Ian ebenfalls bei ihnen war, obwohl er zwanzig Schritte hinter ihnen neben seinem Pferd stand.

„Dass Simon mich mit euch beiden als Teil der Vereinbarung teilen würde. Als Bezahlung."

„Glaubst du irgendetwas von dem, was dieser verdammte Mistkerl gesagt hat?"

Ich schüttelte meinen Kopf vehement. „Nein!", schrie ich, da ich mir Sorgen machte, dass sie von meinen schlimmsten Vorstellungen ausgingen.

„Ich habe seine Anschuldigungen von Anfang an abgewiesen, aber er hat mich gepackt, gesagt, dass er...er mich nehmen würde, da ich bereits drei Männer gefickt habe."

Die Rücken der Männer strafften sich und ihre Fäuste ballten sich.

„Ich habe gegen ihn gekämpft und dann mit dem Knie in seinen...seinen Schwanz getreten. Ich entkam und nahm das Pferd, um euch zu finden. Ich musste bei euch sein." Ich trat aus seiner Umarmung und legte eine Hand auf Cross' Brust, die andere auf Simons, während ich direkt zu Rhys sah. „Ich bin genau, wo ich sein will, zwischen euch dreien."

Jeder von ihnen machte einen Schritt auf mich zu, so dass sie direkt bei mir standen.

„Ich liebe es, wie du mit mir zankst und diskutierst", erzählte ich Rhys. „Ich liebe es auch, dass du so fokussiert und präzise bist, wenn du mich berührst, als ob jede Bewegung, die du machst, überdacht ist und du genau weißt, wie du mir Vergnügen bereiten kannst."

Ich drehte mich zu Cross und sah ihm in die grünen Augen. „Ich liebe es, wie du mich zum Lächeln bringst, die Art, wie du dich über mein städtisches Verhalten lustig machst." Sein Mundwinkel bog sich nach oben. „Ich mag es auch, wie du mich mit einer solchen Intensität für dich beanspruchst, begierig mir neue Arten des...des Fickens zu zeigen."

Ich drehte mich ein weiteres Mal, um Simon anzuschauen, während ich spürte, dass mich nicht nur Rhys berührte, sondern Cross ebenfalls. „Ich kann mich nicht fern von euch... von irgendeinem von euch aufhalten. Simon." Ich sah in die kriegerischen Augen. „Es gibt dieses...Band, das ich zwischen uns fühle, als ob ich nicht genug bekommen könnte, als ob ich dich in mir aufnehmen könnte, nicht nur deinen Schwanz, sondern *dich*. Ist es für dich genauso?", fragte ich ihn mit einem Hauch Zweifel in der Stimme. Donner grollte in der Ferne.

„Ach, Mädel, du gehörst zu mir."

„Du gehörst zu mir", fügte Rhys hinzu.

„Du gehörst zu mir", bestätigte auch Cross.

„Ich will nicht nur einen von euch. Gemeinsam seid ihr alles, was ich will und brauche." Ich sah abwechselnd vom einen zum anderen. Auch wenn sie groß und muskulös und mutig waren, bestanden sie auch aus Fleisch und Blut, hatten Gefühle und ihre eigenen Schmerzen. Während sie mich beschützten und behüteten, war es meine Aufgabe für sie da zu sein, auf jede Art und Weise, die sie brauchten. „Ich will mit euch zusammen sein, euch allen."

Die Hände der Männer verharrten regungslos, während Simon mein Kinn mit seinen Fingern nach oben neigte. „Weißt du, was das bedeutet?"

Es bedeutete, dass ich alle drei Männer gleichzeitig nehmen und einer von ihnen meinen Hintern füllen würde. Bei dem Gedanken zog ich die Muskeln dort zusammen, aber sie hatten mich darauf vorbereitet, nicht nur, indem sie mich gedehnt hatten, um einen Schwanz aufzunehmen, sondern auch indem sie mich an die unglaublichen Gefühle gewöhnt hatten, die geweckt wurden, wenn dort etwas war, egal ob es ein Finger, ein Stöpsel oder sogar ein Schwanz war. Sie hatten dort mit mir gespielt, so dass ich es *wollen* würde, dass ich es brauchte, mich so gut zu fühlen.

„Es bedeutet, ich gehöre euch allen. Nicht einem zu einem Zeitpunkt, sondern euch allen zur *gleichen* Zeit, denn so ist es auch hier drin." Ich legte eine Hand auf mein Herz.

17

IMON

Zwei Stunden später waren wir zu Hause und Olivia saß in der Badewanne. Dampf stieg vom Wasser auf, der jedoch ihren Körper nicht vor unseren Blicken verbergen konnte. Das würde kein einfacher Fick an der Wand werden, es würde eine Eroberung werden und das musste richtig gemacht werden. Es begann damit, dass unsere Frau nach ihrer Tortur sauber und beruhigt wurde. Mein Schwanz drängte zur Eile, aber jetzt war nicht der richtige Zeitpunkt dafür.

Sie war auf dem Ritt nach Hause mit Rhys geritten, bei dem sie auf dem Schoß gesessen hatte. Auch wenn ich meine Hände nicht von ihr lassen wollte, so hatte ich doch gewusst, dass mein Verlangen nach ihr zu groß war, um sie nah bei mir halten zu können. Ich hatte Angst gehabt, dass ich sie mit meiner Stärke verletzten könnte. Allein das Gefühl ihrer weichen Haut, ihr Geruch würde zu viel sein.

Ian hatte das neue Pferd zurückgeführt – zum Glück hatten wir die Hinterbeine des Pferdes noch nicht mit Hufeisen versehen – und war uns vorausgeritten, um allen mitzuteilen, dass Olivia gefunden worden war. Er würde auch eine Gruppe anführen, die Peters aufspüren und sich um den verdammten Bastard kümmern würde, wenn das Gewitter weitergezogen war. Ich hatte eine ziemlich gute Vorstellung davon, was sie mit dem Mann anstellen würden und sie würden sicherstellen, dass ihn niemand jemals wiedersehen würde. Obwohl ich gerne der wäre, der ihn erledigte, war es meine Aufgabe – *unsere* Aufgabe – mich zuallererst um unsere Frau zu kümmern. Außerdem wollte ich nicht, dass sie, wenn Olivia von Peters' Ableben erfuhr, mit dem Gewicht, dass ihre Männer einen Mord begangen hatten, auf ihren zarten Schultern zurechtkommen musste. Nichts würde jetzt noch zwischen uns kommen. Nichts.

„Du hast Alpträume", stellte sie sachlich fest, während ihre Hand über die Wasseroberfläche glitt und ihre wunderschönen hellen Augen in meine blickten.

Rhys, der gerade einen Stöpsel vom Regal aussuchte, drehte sich um.

Cross unterbrach das Aufknöpfen seines Hemdes.

Meine Vergangenheit geheim zu halten, war nicht einfach, da Olivia sehr aufmerksam war und auch die erste Frau, mit der ich ein Bett teilte. Ich konnte es verheimlichen, während ich allein schlief, aber nicht, wenn ich sie die ganze Nacht in meinen Armen hielt. Ich musste einen Alptraum gehabt und mich nicht daran erinnert haben.

„Ja."

„Ihr scheint alle von Ereignissen aus der Vergangenheit verfolgt zu werden", sagte sie. Donner grollte in der Ferne, während der Regen weiterhin auf das Dach trommelte.

„Ich wuchs in einem englischen Waisenhaus auf", bestätigte Ryhs, den Mund fest zusammengepresst. „Das Leben war...verdammt furchtbar. Dann, in der Armee, sahen wir schreckliche Dinge."

„Ich wuchs mit einem Vater auf, der gerne seine Fäuste sprechen ließ", erzählte Cross. „Dann gab es den Krieg. Ich kämpfte für den Norden." Sein Mund verzog sich zu einer schmalen Linie.

Olivia beobachtete aufmerksam, wie die Männer – meine wahren Brüder – ihre Seelen offenlegten. Wenn Olivia wollte, dass wir sie eroberten, dann mussten wir ihr alles geben und auch unsere dunkelsten Geheimnisse teilen. Es war an der Zeit.

Ich hob den Waschlappen vom Boden und tauchte ihn ins Wasser. „Ich war verantwortlich für ein Mädchen. Ich sollte sie beschützen, aber ich versagte. Sie und ihre Familie wurden von unserem befehlshabenden Offizier ermordet."

Traurigkeit füllte ihre Augen, weshalb mein Blick zu der Seife huschte, die ich ergriff. „Alea?"

Ich hob überrascht meinen Kopf, aber ich hätte wissen sollen, dass sie einen meiner Alpträume miterlebt hatte. „Ja, Mädel."

„Hast du sie geliebt?", flüsterte Olivia mit sorgenvollem Gesicht.

„Nein." Meinen Kopf schüttelnd erzählte ich ihr: „Sie war zu jung, um es überhaupt in Erwägung zu ziehen, aber sie war meine Schutzbefohlene und ich habe sie im Stich gelassen."

„Du warst zu dem Zeitpunkt nicht mal im Dienst", warf Rhys ein. „Es war nicht deine Schuld. Es war Evers. Du darfst nicht zulassen, dass dich die Ereignisse auf diese Weise verfolgen."

„Ich kann meine Träume nicht kontrollieren", erwiderte ich, da ich wusste, dass sie mich ungebeten im Schlaf überraschten.

„Ich werde da sein, um dir zu helfen", bot Olivia an.

Auf ihre zärtlichen Worte hin strich ich mit dem Waschlappen über ihre Schulter. „Ja, Mädel, du bist da, um mir zu helfen, aber du kannst nicht jede Nacht mein Bett teilen. Du hast noch zwei andere Ehemänner, um die du dich kümmern musst."

„Jetzt weiß ich es allerdings und wir können die Bürde, den Schmerz miteinander teilen, zusammen", erklärte sie. „Und ich werde – ab jetzt – ziemlich leicht zu beschützen sein."

Sie grinste verschmitzt, denn ich wusste, ihre Worte waren nur ein Scherz, da ihr die Gefahr überallhin zu folgen schien.

„Sehr gut, das würde mir gefallen", entgegnete ich. Vielleicht könnte ich jetzt heilen, da sie meine Vergangenheit kannte. Und wenn nicht, konnte ich sie immerhin nah an mich ziehen und festhalten. „Du, Mädel, hast ebenfalls ein paar Sorgen."

„Wir müssen all deine Geheimnisse kennen, Liebes, um dich glücklich machen zu können", fügte Rhys hinzu, während er einen der Stöpsel, die er gemacht hatte, in der Hand hielt. Olivias Augen fielen darauf und sie runzelte die Stirn, aber ich umfasste ihr Kinn und drehte sie, so dass sie mich ansah. Rhys würde noch früh genug mit ihrem Arsch spielen.

„Ich habe Angst, dass ihr mich verlassen werdet", gab sie zu.

Ich hätte nicht überraschter sein können. „Dich verlassen? Unmöglich."

„Wer hat dich verlassen, dass du so denkst?", fragte Cross. Er hatte jetzt sein Hemd ausgezogen und Olivias Blick wanderte über seinen entblößten Körper.

„Meine Eltern starben. Auch wenn es nicht ihre Schuld und ich ziemlich jung war, fühlte ich mich im Stich gelassen." Sie holte tief Luft, wodurch ihre Brüste über die Wasseroberfläche gehoben wurden. Ihre Nippel waren prall und voll und ich war sehr begierig darauf, sie zu schmecken. „Onkel Allen hat seine eigene Familie. Jetzt da er sein Geheimnis offenbart hat, braucht er mich nicht. Ich habe kein Zuhause mehr."

Ich erhob mich und nahm Olivias Hand, half ihr hoch und

aus der Wanne. Mit einem Handtuch in der Hand kam Cross zu uns und begann, sie abzutrocknen. „Dein Zuhause ist hier in Bridgewater bei uns. Dein Onkel hat dich nicht verlassen. Er hat dir ein Zuhause gegeben, bis du ein anderes hattest. Wir werden ihn in den nächsten Tagen besuchen."

Ihre Augen waren halb geschlossen, während Cross das Handtuch über ihren Körper rieb. „Wie…ich meine, ich dachte, es wäre nicht sicher wegen Mr. Peters."

„Ich weiß nicht, wie er dich hier gefunden hat, aber mach dir keine Sorgen. Die anderen Männer werden ihn finden. Er wird nicht länger ein Problem für dich sein."

Sie sah mich überrascht an, aber schwieg, da sie jetzt wusste, dass sie mit einer Gruppe Krieger zusammenlebte.

„Genug über Peters. Es ist an der Zeit, dich zu der Unseren zu machen", verkündete Rhys entschlossen. Anscheinend wünschte er sich genauso wenig wie ich, noch länger über das Arschloch Peters zu sprechen.

RHYS

Wir hatten das Pferd aus der Ferne gesehen, da die Prairie so weit und Baumlos ist. Selbst mit den dunklen Wolken und dem Wind hatten wir es klar und deutlich wie ein Leuchtfeuer am Horizont gesehen. Glücklicherweise hatte der Sturm noch keinen Regen mit sich gebracht, ansonsten wären wir nicht in der Lage gewesen, sie zu sehen. Ich wollte nicht daran denken, was ihr hätte passieren können, wenn das Gewitter schlimmer gewesen wäre. Als ich gesehen hatte, dass sie ganz und unverletzt war, hatte ich endlich wieder Luft holen können. Und erst als sie im Bad war und ich einen meiner selbstgemachten Stöpsel vorbereitete, entspannte ich mich vollständig. Heute Nacht würden wir sie gemeinsam erobern und es würde keinen Zweifel mehr geben, nichts zwischen uns.

Wir hatten ihren Arsch darauf trainierte, die kleinsten Stöpsel aufzunehmen, dann zwei größere und sie sollte jetzt für unsere Schwänze bereit sein, aber ich wollte mich vergewissern, dass sie keine Angst davor hatte, da wir ihr nur Vergnügen bereiten wollten. Das war der Grund, warum ich einen Stöpsel ausgewählt hatte, der mehr fürs Spiel als zum Training ihres Arsches war.

„Halte dich am Wannenrand fest, Liebes", befahl ich ihr, als sie schließlich trocken war. Ihre Haare waren mit Nadeln auf den Kopf gesteckt, aber schon bald würden sich lange Strähnen aus ihrer Frisur lösen. Sie tat wie befohlen und dann blickte sie über ihre cremefarbene Schulter zu uns.

Ich stöhnte bei ihrem Anblick, die lange Linie ihres Rückens, ihre Brüste, die unter ihr schwangen, ihre breiten Hüften und der perfekte Arsch – ein Arsch, der bald uns gehören würde. Fürs Erste würden wir sie zum Höhepunkt bringen, indem wir sie dort liebkosten, damit sie wusste, wie unglaublich es werden würde, wenn ein Schwanz tief in ihr steckte.

Ich hielt den Stöpsel, den ich vorbereitet hatte, hoch. Er war dick mit Salbe bestrichen, hatte eine sehr schmale Spitze, die sich zu einer Art kleinem Ball verbreiterte, dann schmal wurde, dann wieder zu einem leicht größeren Ball, dann schmal, dann das Gleiche noch zwei weitere Male, so dass es vier Knubbel gab, die ihren Hintern beim Einführen immer weiter dehnen würden und genauso, wenn ich ihn herauszog.

Cross und Simon stellten sich auf jede ihrer Seiten und begannen, mit ihren Händen über sie zu wandern, jeweils eine Brust zu umfassen, den Nippel zu zwirbeln oder zu ziehen, ihre Schulter zu küssen, eine Hand über ihren Rücken gleiten zu lassen. Sie überschütteten sie mit Zärtlichkeiten, während ich ihre Beine weiter spreizte, so dass ihre Pussy perfekt sichtbar war. Ich streichelte über ihre weichen Schamlippen, öffnete sie, so dass ich einen Finger eintauchen konnte, um zu testen, ob sie bereit war. Dazu bestand kein Bedarf, da sie aufgrund ihrer Erregung glänzte und mein Finger feucht wurde. Eine Hand auf eine weiche Pobacke legend spreizte ich sie, so dass ihre Rosette entblößt wurde. So perfekt und bald würde dort ein Schwanz eindringen.

Ich reichte Cross den Stöpsel, damit ich meine Hände frei hatte, um das Glas mit der Salbe zu holen. Nachdem ich meine Finger in die Salbe getaucht hatte, begann ich ihre Öffnung damit zu benetzen und sie außen schön schlüpfrig zu machen, dann fing ich an, einen Finger in sie zu drücken und auch in ihrem Anus die Salbe zu verteilen. Ich tat dies immer wieder, nahm mehr Salbe und rieb sie damit ein, bis sie innen und außen glitschig war. Sie keuchte, als mein Finger, sie dehnte, aber begann schnell, ihre Hüften nach hinten zu bewegen und mich tiefer in sie zu drücken. Als sie anfing, meinen Finger zu ficken, nahm ich Cross den Stöpsel wieder ab.

Ich platzierte die schmale Spitze des Stöpsels an ihrer Öffnung und begann ihn in sie einzuführen, wobei ich ihn vor und zurück drehte. Langsam akzeptierte ihr Körper den Stöpsel, dehnte sich um die erste runde Form, zog sie ein, als sie sich verjüngte. Ich betrachtete Olivias Körper, ihre Atmung, die Art, wie sie die Wanne packte, den Schweißfilm auf ihrer Haut. Simon sah zu mir und nickte, dann drehte er seinen Kopf, um in ihr Ohr zu flüstern. Es war zu leise, um es zu hören, aber sie stöhnte und zog sich in Reaktion auf seine Worte um den Stöpsel zusammen.

Ich fuhr fort, den Stöpsel nach vorne zu drücken und sie mit der nächsten breiten Stelle weiter zu dehnen, bis sie noch mehr geöffnet wurde und sich dann verengte, als der Stöpsel wieder schmaler wurde. Ich machte das zwei weitere Male, bis der Stöpsel vollständig in ihr war. Er war ungefähr zehn Zentimeter lang. Obwohl er einen breiten Griff zum Festhalten hatte, der sicherstellte, dass er nicht weiter in sie rutschen konnte, würde ich diesen nicht in ihr lassen. Es war eine andere Art Trainings-Stöpsel. Dieser würde ihr die Empfindungen, die bei Analspielchen und Analsex hervorgerufen wurden, vermitteln und würde sie höchstwahrscheinlich zum Höhepunkt bringen.

„So ein gutes Mädchen, wie du den Stöpsel aufnimmst", lobte Cross. „Wenn Rhys ihn rauszieht, wirst du so hart kommen."

Olivia war reaktionsfreudig und da sich drei Männer um sie kümmerten, würde sie innerhalb einer Minute gut befriedigt sein. Mit diesem Ziel im Kopf, tauchte ich meine Finger wieder in ihre Pussy, die ich tropfnass vorfand. „Sie liebt es", berichtete ich den anderen und Olivia wiegte ihre Hüften, wodurch sich ihre Pussy und Hintern genau richtig bewegten.

„Bitte", bettelte sie.

Ich lächelte, begeistert darüber, dass sie es liebte, wenn ihre Männer sich um ihren Körper kümmerten.

„Bist du bereit, zu kommen, Liebes?" Ich fickte sie mit meinen Fingern und stellte dabei sicher, dass mein Daumen bei jeder Bewegung über ihren Kitzler glitt.

„Oh, oh Gott. Ich brauche...ich – "

„Wir wissen, was du brauchst", sagte Cross und ich beobachtete, wie seine Finger ihren Nippel drehten und dann leicht daran zogen.

Sie stieß ihren Atem zischend aus, aber ihre Pussy zog sich um meine Finger zusammen, weshalb ich wusste, dass sie ein wenig Schmerz zusammen mit dem Vergnügen mochte.

„Ich werde jetzt den Stöpsel herausziehen und dann wirst du kommen."

„Rhys, ich...er ist so groß, wird er – "

Ich unterbrach ihre Frage. „Du wirst kommen", wiederholte ich, während ich die Bewegungen meiner Finger in ihrer Pussy fortführte.

Als ich an dem Stöpsel zog, beobachtete ich, wie sich ihr Arsch um den größten runden Bereich dehnte und dann wieder schloss. Sie warf den Kopf zurück, riss ihre Augen auf und schrie. Ihre Hüften stießen nach oben, während ich wieder an dem Stöpsel zog, dieses Mal öffnete und schloss sich ihr Körper problemlos um die kleinere runde Form, die, wie ich wusste, über eine besonders empfindliche Stelle in ihr rieb, was ihren Orgasmus verlängerte.

Cross und Simon spielten mit ihren Brüsten, während sie kam, meine Finger krümmten sich und rieben über die besondere Stelle in ihrer Pussy. Dann ruckte ich ein weiteres Mal daran und zog den Stöpsel noch leichter heraus.

„Rhys, ich...es ist zu viel, ich...oh es ist so gut", keuchte sie.

Mit einem letzten Ruck zog ich den Stöpsel vollständig aus ihr, während sie sich immer noch in den Fängen ihres Orgasmus befand. Ich trat von ihr weg, so dass sie völlig leer war. Cross hob sie hoch und trug sie in sein Schlafzimmer. Als er sie auf das Bett legte, war sie ganz schlaff und schwelgte nach wie vor in den Nachwirkungen ihres Orgasmus. Sie war so wunderschön und mein Schwanz schmerzte, weil ich wusste, wir konnten ihr ein solches Vergnügen bereiten. Es war so machtvoll, in der Lage zu sein, unsere Dominanz für etwas Gutes einzusetzen.

Meine Eier wurden fest an meinen Körper gedrückt und schmerzten vor Verlangen. Während ich sie betrachtete, wie sie mit einem angewinkelten Bein dalag, so dass ihre Pussy sichtbar war, zog ich mich genauso wie die anderen aus. Ich legte mich auf das Bett, während Simon sie hochhob und sie mühelos auf mich setzte, so dass sie rittlings auf mir saß, ein Knie auf jeder Seite meiner Hüfte. Sie legte ihre kleine Hand auf meine Brust, um ihr Gleichgewicht zu wahren und ich spürte, wie ihre Erregung meinen Unterleib benetzte. Mein Schwanz glitt an ihrer Poritze hoch.

„Stemme dich hoch, Liebes, ich muss in dir sein."

Sie drückte sich von meinen Beinen hoch und über meinen Schwanz, der jetzt direkt auf ihre feuchte Pussy zeigte. Ich legte meine Hände auf ihre Hüften, so dass ich sie nach unten führen konnte und bewegte sie, bis ich gegen ihre Öffnung stupste. Es war so heiß und feucht und ich wusste, wenn ich sie erst einmal losließ, würde sie direkt auf mich sinken. Sie hob ihren Kopf, begegnete meinem Blick und hielt ihn, dann hob sie ihr Kinn an, während sie ihre Hüften bewegte, als ob sie meine Hände abschütteln wollte. Ich ließ sie gerne los und sie setzte sich auf mich. Ihre Augen blitzten auf, als ich sie dehnte und füllte.

Mein Bauch spannte sich an und ich entließ zischend meinen Atem, als ihre inneren Wänden mich drückten, so heiß und perfekt. Als sie vollständig auf meinem Schoß saß, hielt sie still und flüsterte ein einfaches „Oh."

Ich grinste zufrieden, denn ich bemerkte, dass dies die perfekte Verbindung war, aber ich konnte nicht bewegungslos bleiben, also stieß ich meine Hüften nach oben und gegen ihre Gebärmutter. „Vollkommen ausgefüllt, Liebes." Ein schüchternes Lächeln formte sich auf ihren Lippen. „Komm her." Ich krümmte einen Finger und sie senkte sich nach unten, so dass ich sie küssen und ihren Hinterkopf umfassen konnte.

Als sie in Position war, bewegten sich Cross und Simon. Cross trat hinter sie – er würde derjenige sein, der ihren jungfräulichen Arsch eroberte – und Simon zu ihrer Seite, so dass sie an seinem Schwanz saugen konnte. Ich ließ sie los und sie hob ihren Kopf, so dass ihre hellen Augen ganz nah bei meinen waren.

„Schau", ich drehte meinen Kopf leicht, um zu Simons Schwanz direkt bei ihrer Schulter zu blicken. „Simon braucht dich."

Sie leckte ihre Lippen und drehte sich zu ihm, ihre Zunge kam heraus, um über die Eichel zu lecken und sie von der klaren Flüssigkeit zu befreien.

„Braves Mädchen. Mädel, öffne den Mund weit, um mich aufzunehmen. Ich kann es nicht erwarten, deinen Mund um mich zu fühlen und zu spüren, wie dein Stöhnen meinen

Schwanz zum Vibrieren bringt. Ich werde direkt in deiner Kehle kommen."

„Sie wurde gerade feuchter", kommentierte ich, während ich ein kleines bisschen tiefer in sie eindrang und ich dachte, meine Augen würden in den Kopf zurückrollen. „Cross, erobere endlich diesen jungfräulichen Arsch und schließ dich uns an. Ich weiß nicht, wie lange ich noch durchhalten werde."

18

LIVIA

RHYS' dicker Schwanz befand sich tief in meiner Pussy und Simons dehnte meinen Mund weit. Ich wollte sie befriedigen, sie alle und dennoch waren sie diejenigen, die mir Vergnügen bereiteten. Rhys wusste, wie er seinen Schwanz bewegen musste, um mich zum Höhepunkt zu bringen und trotzdem hielt er sich zurück, während ich freudig an Simon saugte in dem Versuch, ihn zu verwöhnen, ihm seinen Samen zu entlocken und zu schlucken. Ich wollte, dass er sich so in dem Vergnügen, das ich seinem Körper bereitete, verlor, dass er all seine Sorgen vergaß. Als sich seine Finger in meinen Haaren vergruben und an den Strähnen zogen, durchflutete mich Freude.

„Ich bin ganz glitschig, Liebes, und sollte direkt in deinen fantastischen Hintern gleiten", murmelte Cross. Seine Hand lag auf meiner Hüfte, sein Schwanz drückte gegen meinen Hintereingang. Obwohl er mich weiter als irgendeiner von Rhys' Stöpseln dehnte, glitt er recht leicht an dem sich widersetzenden Muskelring vorbei. „Meine Güte, sie ist so eng."

Ich *war* so eng, so voll und spürte sowohl Cross' als auch Rhys' Schwänze in mir, ein Gefühl, das ich so noch nie empfunden hatte. Rhys hielt still, während Cross begann sich zurückzuziehen, dann wieder Stück für Stück in mich einzudringen und ich konnte nicht anders, als zu stöhnen. Die reine Freude, dass sein Schwanz über die gleichen Stellen wie der steife Stöpsel zuvor glitt, brachte mich fast zum Höhepunkt. Es war eine andere Empfindung, eine Fantastische und ich wollte es so sehr. Ich befand mich so kurz, so so kurz vor dem Höhepunkt, aber ich brauchte es, dass sich Rhys ebenfalls bewegte.

„Was auch immer du getan hast, Cross, mach es wieder. Sie hat es geliebt und meinen Schwanz sogar noch tiefer aufgenommen. Heilige Scheiße, sieh nur, wie voll du bist, Mädel." In seiner Position auf den Knien konnte Simon zweifellos sehen, wie gut ich mit Schwänzen gefüllt war.

Ich spürte, wie Cross seine Hüften gegen meinen Hintern drückte.

Ich war voll, so unglaublich voll. Ich könnte nicht voller sein.

„Wir werden uns jetzt bewegen, Liebes", warnte mich Ryhs vor, während Cross sich fast vollständig herauszog. „Du kannst kommen. Wieder und wieder. Fühle einfach nur."

Ich schrie auf, als Cross wieder in mich stieß und Rhys sich zurückzog, dann wechselten sie sich ab und fickten mich mit abwechselnden Stößen. Ich war offiziell, vollständig und komplett die Ihre. Es gab nichts zwischen uns, niemand trennte uns. Wir waren miteinander verbunden und ich war das Bindeglied, das uns alle verband. Weder Mr. Peters noch mein Onkel oder irgendjemand anderes konnte uns trennen. Ich konnte nur noch fühlen, genauso wie es Rhys verlangt hatte und ich gab mich meinen Männern hin, gab mich vollständig hin. Meine Haut kribbelte, mein Körper war heiß,

Schweiß tropfte über meine Stirn, meine Pussy und Anus zogen sich eng um die Schwänze, die mich füllten, zusammen. Eine letzte Bewegung und ich fiel über die Klippe, wurde von drei starken Männern in einen unendlichen Abgrund des Vergnügens gestoßen. Meine inneren Wände kontrahierten um Rhys' Schwanz und ich drückte Cross bei jedem Stoß fest und mein Vergnügen ging immer weiter. Ich konnte nicht schreien, da mein Mund mit Simons großem Schwanz gefüllt war. Ich genoss es, verlor mich in den Empfindungen und ich wusste, ich hatte nichts zu befürchten, da meine Männer da waren, um mich aufzufangen. Sie würden immer da sein, mich immer füllen.

Simons Finger bohrten sich fester in meinen Schädel und ich wusste, er stand kurz vor dem Höhepunkt. Ich leckte mit der Zunge die hervortretende Vene an der Unterseite entlang, dann über die sensible Kante der geschwollenen Spitze. „Ja, du bist so eine Hübsche, Mädel", knurrte er, während seine Hüften nach vorne ruckten und ich seinen heißen Samen auf meiner Zunge spürte, salzig und nur nach Simon schmeckend. Schub um Schub füllte meinen Mund, während er den angehaltenen Atem ausstieß.

Da mein Mund nun leer war, konnte ich meinen Kopf drehen und zurück zu Cross sehen, dann hinab auf Rhys. Mein Vergnügen hatte meine Sicht verschwimmen lassen und meine Muskeln entspannt. Beide Männer wirkten allerdings angespannt und gierig, als ob ihr Vergnügen so nah war und sie meine engen Löcher benutzten, um zum Höhepunkt zu gelangen. Ich war mehr als einverstanden damit, denn ich hatte alle drei Schwänze für meine eigene Lust benutzt. Und ich war noch nicht fertig. Während sie fortfuhren in mich zu stoßen, wobei ihre Geschwindigkeit und Intensität zugenommen hatten, erwachte mein Vergnügen, das nie völlig verebbt war, wie glimmende Kohlen in einem starken Windstoß. Ich stand wieder in Flammen, aber dieses Mal konnte ich ihnen sagen, wie ich mich fühlte.

„Es ist...oh, es ist zu viel. Ich bin so voll, ich werde...ich werde wieder kommen!"

Ich fiel direkt über die Klippe und bog meinen Rücken durch, meine Muskeln spannten sich an, während mein Schrei in der Kehle stecken blieb.

Rhys stieß ein letztes Mal in mich und grunzte und ich spürte, wie mich sein Samen füllte. Cross folgte ihm mit einem Schrei, beide Schwänze befanden sich tief in mir. Ich konnte nichts anderes tun, als auf Rhys' feste Brust zu sinken und seinen wild klopfenden Herzschlag zu fühlen.

Cross zog sich langsam aus mir, direkt danach Rhys und ich spürte, wie der Samen beider Männer aus mir tropfte. Ich war wund, aber ich wusste auch, dass ich gut gefickt worden war. Ich hatte in dieser Beziehung Glück, denn ich hatte nicht nur einen Mann, nicht zwei, sondern drei, die mich wollten, mich brauchten und wahrhaftig besaßen.

Donner grollte, näherte sich, der Regen trommelte nach wie vor auf das Dach. In meiner Leidenschaft hatte ich nichts davon gehört. Nichts hatte außerhalb der Arme dieser drei Männer existiert.

„Ich liebe es, deine Pussy so zu sehen", sagte Cross, seine Finger streichelten sanft über mein zartes, geschwollenes Fleisch.

„Wir haben dich gut gefüllt, Liebes", stellte Rhys fest, während seine Hand über meine Haare streichelte.

„Wir haben ein Baby gemacht, Mädel, da besteht keine Frage. Entweder gerade jetzt oder bei einem der vielen Male, bei denen wir dich diese Woche gefickt haben. Ich kann es nicht erwarten, zu sehen, wie sich dein Bauch mit unserem Kind rundet und wie das winzige, dunkelhaarige Mädchen an deiner Brust trinkt."

Die Vorstellung ein Baby mit ihnen zu zeugen, wärmte meine Seele. Hatten sie mich mit genug Samen gefüllt, um ein Baby zu machen? Die Vehemenz in Simons Worten ließ mich ihm glauben.

„Wie hat es dein Onkel noch mal genannt, wenn man weiß, dass man die richtige Person kennengelernt hat?"

„Blitzschlag", murmelte ich.

Rhys rollte mich auf meinen Rücken, so dass alle drei Männer über mir aufragten, ihre Blicke wanderten über meinen Körper. Ich konnte mir nur vorstellen, wie erschöpft und gut benutzt ich aussah und es war mir völlig egal.

Rhys' dunkle Augen hielten meine, während ein heller Blitz den Himmel erhellte und einige Sekunden später von einem lauten Donnerschlag gefolgt wurde. „Blitzschlag", wiederholte er.

Ich grinste, da er recht hatte. Es war, als ob alles vorherbestimmt gewesen wäre.

„Nein, nicht nur Blitzschlag. Auch Liebe", entgegnete Simon, während seine dunklen, ernsten Augen über meinen Körper wanderten und dann meinen begegneten. „Es ist Liebe."

Cross stimmte zu: „Blitzschlag und Liebe."

Sie hatten recht. Es war Blitzschlag und Liebe.

HOLEN SIE SICH IHR KOSTENLOSES BUCH!

TRAGEN SIE SICH IN MEINE E-MAIL LISTE EIN, UM ALS ERSTES VON NEUERSCHEINUNGEN, KOSTENLOSEN BÜCHERN, SONDERPREISEN UND ANDEREN ZUGABEN ZU ERFAHREN. SIE ERHALTEN EIN KOSTENLOSES BUCH FÜR IHRE ANMELDUNG! TRAGEN SIE SICH IN MEINE E-MAIL LISTE EIN, UM ALS ERSTES VON NEUERSCHEINUNGEN, KOSTENLOSEN BÜCHERN, SONDERPREISEN UND ANDEREN ZUGABEN ZU ERFAHREN. SIE ERHALTEN EIN KOSTENLOSES BUCH FÜR IHRE ANMELDUNG!

kostenlosecowboyromantik.com

ÜBER DIE AUTORIN

Vanessa Vale ist eine USA Today Bestseller Autorin von über 40 Büchern. Dazu zählen sexy Liebesromane, einschließlich ihrer bekannten historischen Liebesserie Bridgewater, und heißen zeitgenössischen Romanzen, bei denen dreiste Bad Boys, die sich nicht nur verlieben, sondern Hals über Kopf für jemanden fallen, die Hauptrollen spielen. Wenn sie nicht schreibt, genießt Vanessa den Wahnsinn zwei Jungs großzuziehen, findet heraus wie viele Mahlzeiten man mit einem Schnellkochtopf zubereiten kann und unterrichtet einen ziemlich guten Karatekurs. Auch wenn sie nicht so bewandert in Social Media ist wie ihre Kinder, so liebt sie es dennoch, mit ihren Lesern zu interagieren.

Instagram

www.vanessavaleauthor.com

HOLE DIR JETZT DEUTSCHE BÜCHER VON VANESSA VALE!

Du kannst sie bei folgenden Händlern kaufen:

Amazon.de
Apple
Weltbild
Thalia
Bücher
eBook.de
Hugendubel
Mayersche

www.ingramcontent.com/pod-product-compliance
Lightning Source LLC
LaVergne TN
LVHW011831060526
838200LV00053B/3968